Iva Procházková

Entführung nach Hause

Ellermann Verlag

Iva Procházková
wurde 1953 in Olmütz (Mähren) geboren. Sie ist die Tochter von
Jan Procházka, dem Schriftsteller und Sprecher der oppositionel-
len Künstler in der ehemaligen Tschechoslowakei. Ihre früheren
Werke wurden – wegen der politischen Aktivitäten ihres Vaters –
nicht publiziert. 1983 emigrierte sie mit ihrer Familie in den We-
sten. Seit 1984 veröffentlicht sie Kinder- und Jugendbücher. Sie er-
hielt den Deutschen Jugendliteraturpreis und wurde mit dem
Österreichischen Jugendbuchpreis ausgezeichnet. Heute lebt die
erfolgreiche Schriftstellerin wieder in Prag.

5 4 3 2 1   99 98 97 96

Mitarbeit an der deutschen Fassung: Vojta Pokorny
Umschlagillustration: Berhard Förth
© 1996 Verlag Heinrich Ellermann, München
Printed in Germany
ISBN 3-7707-3042-9

Inhalt

Iva Procházková · Entführung nach Hause

Eltern sollte es verboten werden, Motorräder zu kaufen.

Auf ihnen zu fahren.

Auf ihnen zu sterben.

Aber du, Lord, kriegst so etwas in deinen Hundeschädel nicht rein.

Glaube mir einfach.

Wenn es jene blauschwarze vierzylindrige Harley Davidson nicht gäbe, würden wir jetzt nicht über diesen Bach springen. Wenn es dieses Wunder mit zwei Auspuffen, direktem Einspritzgetriebe und verchromten Schalldämpfern nicht gegeben hätte, wüßte ich nicht, daß, was die einen Glück nennen, für die anderen auch die mieseste Sache unter der Sonne sein kann.

Glaubst du, daß ich spinne?

Du hast doch nicht die leiseste Ahnung, Lord, wie das alles hier läuft!

Ich könnte dir Geschichten erzählen!

Zum Beispiel die, als Tante Jolana und Onkel Michael meinen Geburtstag feierten. Ich war zwölf. Damals hieß ich noch nicht Gusta, sondern Libor. Libor Jeschin. Wie mein Vater.

Aber davon, Lord, zu niemandem einen Mucks!

Geburtstagsfeier

Tante Jolana war ein Wesen wie aus dem Schaufenster. Gipssteif, spargeldürr in der Hüfte, mit unendlichen Beinen und einem Blick ins Ungewisse. Sie blickte einen nie an. Entweder schaute sie deinen Hemdkragen oder deine Schuhe oder das Geländer hinter deinem Rücken an , aber nie direkt dein Gesicht. Sie sah nicht einmal Onkel Michael an. Sie saßen sich beim Frühstück gegenüber, Tante schaute das Bild des lachenden Buddha über Onkels Kopf an, sagte: »Kannst du mir bitte den Honig reichen?« heftete den Blick auf ihren eingerissenen Daumennagel, sagte: »Danke«, und ohne sich auch nur eine Sekunde Gedanken darüber zu machen, ob ihr der grinsende Buddha oder Onkel den Honig gegeben hatte, fing sie an, ihr Vollkornbrötchen zu schmieren.

Während Tante die Leute nicht ansah, hörte Onkel ihnen nicht zu. Er wußte, was sie ihm zu sagen hatten. Er war überzeugt, daß auf der Welt nur zwei Arten von Menschen herumlaufen: diejenigen, die sein Geld zum Fenster hinauswerfen, und die, die ihm helfen, es auf der Straße wieder aufzusammeln. Ich gehörte in die erste Kategorie. Finanziell gesehen war Onkel sehr großzügig. Er kümmerte sich um meine Internatschule, meine Kleidung, erstklassige Ausstattung meines Computers, meine Tennis- und Hockeyausrüstung und weitere hundert Sachen, die ich manchmal geschenkt bekam, um die ich manchmal bat, nach denen ich mich aber nicht wirklich sehnte.

Am Samstag, an dem Herr Madera mich aus dem Internat holte, war wunderschönes Juniwetter. Die Sonne ähnelte einem Tennisball, wo man auch hinschaute, sah man die weißen Mützen der Apfelbäume und eine Unmenge von Hunden, die an ihren Leinen rissen. Ach, Lord, du kennst das doch! Die Luft roch schon nach den Ferien. Tante Jolana saß auf der Terasse und telefonierte.

»Auf keinen Fall!« erwiderte sie scharf. »Das kommt überhaupt nicht in Frage!«

Diesen Ton und diese Ausdrücke hörte ich oft von ihr. So sprach sie mit Onkel Michael, mit mir, mit ihrer Schneiderin, mit der Verkäuferin im Supermarkt, sogar mit unserem Kater, wenn sie den Eindruck hatte, daß er zu weit gegangen war.

»Ich werde mich über Ihr Benehmen bei Ihrem Chef beschweren!« beendete sie das Gespräch und legte den Apparat auf den Tisch. Da sah sie mich von der Garage zum Haus gehen. Ihr Blick fiel auf meine Jeans.

»Libor braucht eine neue Hose«, sagte sie zu jemandem hinter ihrem Rücken. »Absolut akut!«

Damit meinte sie sofort. Aus der offenen Tür des Wohnzimmers trat die alte Frau Ertl. Sie hatte das gleiche Kinn wie Tante Jolana, die gleiche Barbiehüfte wie Tante Jolana und die gleichen unendlichen Beine. Sie war ihre Mutter. Sie war nicht meine Großmutter und wollte auch nie von mir so genannt werden, weil sie sich jung fühlte. Meine wirkliche Großmutter, die einzige, die mir geblieben war, lebte in einem Heim für geistig Behinderte und erkannte niemanden. Nicht einmal ihr eigenes Spiegelbild. Ich hatte sie ein paarmal besucht, aber dann ließ ich es lieber bleiben. Entweder nahm sie meine Anwesenheit überhaupt nicht zur Kenntnis oder sie verlangte von mir Zäpfchen. Als ich ihr zwei mitbrachte, um ihr eine Freude zu machen, zerkaute sie sie vor meinen Augen und schluckte sie runter. Ich mußte die Pflegerin rufen.

»Wir fahren in die Stadt«, sagte die alte Frau Ertl, die ich nicht Großmutter nennen durfte. »Wir kaufen eine Hose, einige Shirts und einen Pullover. Oder besser eine Weste.«

»Hallo!« grüßte ich und küßte beide auf die Wange.

»Und ein Hemd«, fügte Tante Jolana hinzu, wobei sie mir ihre andere Wange zuwandte. Das Küssen war keine Zärtlichkeit, sondern ein Ritual – man durfte seine Regeln nicht verletzen.

»Wie fühlst du dich an deinem zwölften Geburtstag?« fragte Tante, als die Kußzeremonie zu Ende war.

»Geht so«, antwortete ich. Und genauso war es auch, Lord. Libor Jeschin, das Waisenkind, das in der Familie seines reichen Onkels aufwuchs, konnte sich nicht beschweren. Man behandelte ihn gut. Man schickte ihn in ein teures Internat. An Geburtstagen, Weihnachten und anderen Festen holte man ihn nach Hause. Man ließ ihn nie spüren, daß man ihn nicht mochte. Das Gegenteil bewies man ihm aber auch nicht. Er durfte keinen Hund besitzen, aber ein Kater war erlaubt. Es ging so, Lord.

*

11

Der Einkauf lief wie gewöhnlich ab. Tante Jolana dressierte die Verkäuferinnen, ihre Mutter brachte mir tonnenweise Hosen zum Anprobieren, und ich knöpfte sie auf und zu. Eine nach der anderen. Dabei hörte ich zu, wie mein Magen knurrte. Morgens im Internat hatte ich kein Frühstück bekommen, da Herr Madera zu früh gekommen war. Zu Hause hatte ich zwar ein Päckchen Knäckebrot gefunden, aber im Kühlschrank war keine Butter und kein Aufstrich. Nur Kaviarpaste. Dir, Lord, würde sie höchstwahrscheinlich schmecken, du frißt ja alles – sogar Kuhfladen, aber mir wird vom Kaviar übel. Nicht einmal riechen kann ich ihn.

Ich stand in der Umkleidekabine, mein Magen zog sich vor Hunger zusammen, und jedesmal, wenn ich den Vorhang zur Seite schob, um mich der Tante zu zeigen, fiel mein Blick auf ein kleines Mädchen neben der Kasse. Es war wohl die Tochter einer Verkäuferin. Sie hielt einen Pappteller mit einem Stück Pizza in der Hand und biß langsam davon ab. Falls ich mich nicht geirrt habe, war es eine sehr gute Pizza: mit Schinken, Champignons und einem Berg Käse. Die Kleine ließ es sich sichtlich schmecken. Ab und zu schmatzte sie laut. Ich versuchte mir vorzustellen, was passieren würde, wenn ich zu ihr springen, das Stück Pizza aus der Hand reißen und es auf einmal in den Mund stopfen würde. Bei dieser Vorstellung mußte ich grinsen.

Die alte Frau Ertl, schaute mich an. »Ich sehe, daß diese dir am besten gefällt!« Sie verstand mein Grinsen falsch.

Tante Jolana kam näher, fühlte die Stoffqualität der Hose, die ich gerade anhatte, probierte, ob sie in der Hüfte nicht zu fest saß, und nickte.

»Die nehmen wir«, entschied sie.

Ich glaube, sie war dunkelrot, aber genau kann ich es dir auch nicht sagen, Lord. Ich zog sie nur einmal an. Für ein paar Stunden. Der Geburtstagsfeier wegen.

Um drei Uhr bekam ich die Geschenke, um vier kamen die Gäste. Lauter Kunden vom Onkel, Tantes Freundinnen und deren Kinder. Ich kannte sie ein bißchen von den vorigen Feiern, aber Freunde waren wir nicht. Ich hatte nicht viele Freunde, Lord. Im Internat ging es noch; wir spielten Fußball und Hockey, gingen gemeinsam zum Tennis, und abends im Bett wetteten wir, wer lauter rülpsen oder furzen konnte. Bei solchen Aktivitäten hat man viel Spaß und das Gefühl, daß alle eigentlich Freunde sind.

Zu Hause, in dem Viertel, wo Tante und Onkel wohnen, kannte ich niemanden. Es war eine Villengegend. Die Häuser standen weit auseinander, hatten Gärten, Garagen und Pools und waren durch Zäune voneinander getrennt. Man konnte hier nicht mal ins Kino oder in die Konditorei gehen – nur mit dem Auto war alles erreichbar. Der einzige Ort, an dem man die Chance hatte, jemanden zu treffen, war der Spielplatz um die Ecke, aber die Tante ließ mich nicht hin, weil sie bemerkt hatte, daß dort auch polnische Kinder spielten.

Tante Jolana und Onkel Michael mochten Polen nicht besonders. Aber sie mochten sie immer noch lieber als Ukrainer und Rumänen. Frag mich nicht warum, Lord, ich habe noch nie welche gesehen. Ich weiß auch nicht, wie ich sie erkennen sollte – höchstens vielleicht an ihrem holprigen Tschechisch. Im Internat wohnte ein Franzose mit mir zusammen, und der sprach auch kein astreines Tschechisch, aber gegen ihn hatten Onkel und Tante nichts.

Die Gäste, die zu meinem Geburtstag kamen, brachten Sachen mit. Fußballstutzen, ein Batman-Video und »Crusoe«, das Gesellschaftsspiel für einen Spieler. Mit den Geschenken von Onkel und Tante war es ein ganzer Tisch voll. Auf dem anderen Tisch, auf der Terasse, hatte die alte Frau Ertl ein Buffet vorbereitet. Ich stopfte mich mit Nudelsalat und Frikadellen voll, da ich meinen Morgenhunger immer noch nicht gestillt hatte. Dann schnitten wir die Torte an. Nach dem Essen schauten wir uns Zeichentrickfilme an. Um sechs waren alle wieder gegangen. Onkel Michael setzte sich in den Sessel auf der Terasse und fragte mich, ob ich mit meinen Geschenken zufrieden sei.

»Ja«, sagte ich. »Vielen Dank.«

Onkel nickte. Er mochte es, wenn ich mich bei ihm bedankte. Er verlangte es nicht, aber es tat ihm gut. In der Tür erschien Tante Jolana. Sie trug ein Abendkleid.

»Höchste Zeit«, ermahnte sie den Onkel. Er erhob sich.

»Ich wechsle die Krawatte«, sagte er. »Die hier finde ich zu hell fürs Theater.«

»Ich wußte nicht, daß ihr heute abend ins Theater geht«, sagte ich.

»Wir müssen hin«, erklärte die Tante. »Frau Linhart hat uns eingeladen.«

»Linharts sind Kunden, die ich ungern verlieren würde«, fügte Onkel hinzu und ging sich eine dunklere Krawatte umbinden.

So feierten wir meinen Geburtstag, Lord. Ich war zwölf. Ich hatte nicht die leiseste Ahnung, daß sich am nächsten Tag mein Leben total ändern und nie wieder dasselbe sein würde.

14

Sonntagsgeister

Als ich am Sonntag morgens aufwachte, lag Liang-ci auf meiner Brust. Ich wünschte, Lord, du könntest ihn sehen! Er hat einen chinesischen Namen, eine chinesische Erscheinung und das Benehmen eines chinesischen Kaisers. Der würde sich von dir nicht so einfach scheuchen lassen wie die Dorfkatzen hier! Stolz ist er. Und sehr schlau. Er beobachtete mich durch die halbgeöffneten Augenlider, atmete zärtlich auf meinen Hals und wartete, wann ich seine Zuneigung belohnen würde. Er wußte ganz genau, Lord, daß am Sonntag alle lange schlafen und daß er bei mir die größte Chance hatte, Frühstück zu bekommen.

Wir gingen zusammen in die Küche, öffneten den Kühlschrank, holten für den Kaiser die Kaninchenpastete und für mich den Rest meiner Geburtstagstorte heraus. Wir aßen draußen. Es nieselte, aber die Terasse war überdacht, und ich schaute auf die Apfelbäume im Garten. Am Tag davor hatten sie wie Schaumeistüten ausgesehen; jetzt ähnelten sie eher einer zerflossenen Pastellzeichnung. Es war still, bis auf die Vögel, die über das Wetter schimpften. Irgendwo in der Ferne quietschten Reifen über die nasse Straße. Harley Davidson. Oder eine andere herrliche Maschine.

Ich dachte, woran ich oft denke. Daß es mir Spaß machen würde, eine Landschaft zu entwerfen. Nicht nur Häuser,

15

oder Gärten – die ganze Natur. Verplanen, wohin mit dem
Meer, wo die Flüsse entlang fließen, wo es bergauf und wo
es bergab geht, und wo Platz bleibt für Wälder, Wiesen und
Felder. Am öftesten dachte ich über solche Dinge vor dem
Einschlafen oder im Zug nach, aber manchmal erschuf ich
meine eigene Welt wirklich.

Ich besaß ein Computerspiel, das »Schöpfer der Erde«
hieß. Da konnte man sich alles ausdenken, was man nur
wollte. Tiere, Pflanzen, einfach alles. Es war ein Heiden-
spaß. Jedesmal, wenn ich es spielte, kam ich mir allmächtig
vor. Niemand konnte mich daran hindern, einen Ziegen-
bock zu erschaffen, der Madonnas Busen hatte. Oder einen
haarigen Fisch. Oder einen Baum, an dem winzige Kinder
wuchsen. Sie hingen da, das eine am Arm, das andere am
Bein, und warteten, bis sie reif wurden, runterfielen und je-
des dorthin gehen konnte, wohin es wollte.

Bei dem Spiel amüsierte ich mich köstlich, Lord. Und
weißt du, was am merkwürdigsten war? Glaub es mir oder
nicht, einmal dachte ich mir eine Landschaft aus, die genau
wie diese aussah. Der Weg, auf dem wir jetzt zusammen gehen, war dort, die Hügel auf der anderen Seite des Tales
auch, sogar die dicke Eiche, die bald hinter der Kurve auf-
taucht. All das programmierte ich in die Landschaft ein, obwohl ich sie damals überhaupt nicht kannte. Ich ahnte gar-
nicht, daß es irgendwo auf der Welt so einen Platz geben
könnte! Und auch wenn ich es gewußt hätte, nicht mal im
Traum wäre mir eingefallen, daß ich dort einmal leben sollte.

*

Wir aßen im Restaurant »Zur goldenen Birne« zu Mittag. Es war ein Haufen Ausländer dort. Man sah, daß sie die Hosentaschen voller Geld hatten, und die Kellner konnten sich Löcher in die Schuhsohlen laufen.

Der Onkel bestellte eine gefüllte Ente, und während wir auf sie warteten, redete er mit Herrn Holik. Herr Holik, Onkels Geschäftspartner, hatte am Tag vorher einen Vertrag unterschrieben, der wahnsinnig günstig war. Wenigstens wiederholten alle beide das bis zum Überdruß. Ununterbrochen klopften sie sich gegenseitig auf die Schulter und stießen mit Champagner an. Als die Ente auf den Tisch kam, waren sie schon genauso laut wie die Wiener am Nebentisch.

Wir aßen lange. Draußen goß es, aber im Restaurant war es warm und duftig und hell erleuchtet. Nach der Ente bekam ich einen Eisbecher und Pfirsichsaft und später noch einen Pfannkuchen mit heißer Schokolade. Ich bekleckerte mir ein bißchen den Pullover, aber Tante Jolana zuckte nur mit den Achseln.

Sie hatte eine silberne Bluse mit aufgenähten Perlen an, die Haare hochgekämmt und oben darauf ein winziges Käppchen, das einem Butterdeckel ähnelte. Es saß nicht fest da oben, so daß sie sich aufrecht halten mußte und den Kopf kaum bewegen konnte. Es paßte zu ihr. Ich glaube, daß die Vollkommenheit der Schaufensterpuppen eben in ihrer Steifheit liegt.

Als wir endlich nach Hause kamen, wartete Herr Madera schon in der Garage. Er forderte mich auf, schnell meine Sachen zu packen, die ich mit ins Internat nehmen wollte, weil wir aufbrechen mußten.

»Wenn wir nicht gleich losfahren, bleiben wir im Stau stecken. Prag ist jetzt schon tierisch zu. In einer Stunde haben wir überhaupt keine Chance mehr.«

Der Onkel gab ihm recht und drückte ihm auch das Benzingeld in die Hand.

»Fahrt vorsichtig«, sagte er. Das sagte er immer. Jedesmal setzte er dabei eine unheilvolle Miene auf, um zu zeigen, daß er sich an seinen Bruder erinnerte. Das heißt, an meinen Vater. Genauer gesagt an seine letzte Fahrt.

»Wir sehen uns in vierzehn Tagen«, fügte er hinzu. Da standen wir schon auf der Terasse. Er nickte kurz und winkte mir zum Abschied zu.

»Vergiß nicht ein gutes Zeugnis mitzubringen«, mahnte die Tante. Sie hielt ihr Käppchen fest, bückte sich zu mir nieder und ich küßte sie. Auf die linke Wange, auf die rechte Wange. Dann verschwanden sie beide im Zimmer, und ich holte meine Sachen von oben. Es war ein Abschied wie immer. Keiner von uns wußte, daß wir uns das letzte Mal sahen, Lord.

*

Es passierte noch in Prag. Wir arbeiteten uns durch die vollgestopfte Stadtmitte bis zur Magistrale durch, überquerten die Brücke an der Markthalle, dann die zweite Brücke in Troya und reihten uns in die Nordabzweigung ein. Es regnete so heftig und ausdauernd, als ob der Himmel sich entschlossen hätte, ohne weiteres auf die Erde zu ziehen. Die Scheibenwischer schoben die Regenmasse fleißig zur Seite, aber trotzdem hatten wir nur eine Sichtweite von kaum zwei Metern. Herr Madera schaltete die Nebelscheinwerfer an, weil all das Wasser gleich verdunstete und in Gestalt eines Dunstschleiers über der Straße hing.

Manche Sachen vergißt man nicht und weiß gar nicht warum. Ich kann mich noch genau erinnern, daß, als wir zum Tanken abbogen und uns in die Warteschlange einreihten, Dan Landa im Radio gerade das Lied »Geisterstunde« sang. Herr Madera zündete sich eine Zigarette an und öffnete sein Fenster. Eine ältere Dame, die eben bezahlt hatte, quälte sich mit dem Tankdeckel ihres Wagens herum. Die Scheibenwischer quietschten. Herr Madera schaute auf die Uhr.

»Viertel vor fünf«, sagte er. »Um sechs könnten wir da sein.«

Die ältere Dame kam endlich mit ihrem Tankdeckel klar und fuhr weg. Wir rückten eine Position vor.

»Sie kommen 'rüber wie zwei Geister, verirrt, verloren, immer dreister«, sang Dan Landa.

»Ich muß mal«, sagte ich.

»Geh doch«, antwortete Herr Madera. »Bis ich an die Reihe komme, bist du ja dreimal wieder da.«

Ich öffnete die Tür und stecke die Nase in den Regen. Die Pfeile zeigten an, daß sich die Toiletten hinter der Waschanlage befanden. Ich sprang über die nächste Pfütze und lief hin. Das Motorgeräusch hinter meinem Rücken verriet mir, daß Herr Madera wieder eine Position aufgerückt war.

Die Toilette lag im Halbdunkeln. Das Licht kam durch das schmale Fenster über der Tür, und keine der Lampen an der Decke war an. In den Kabinen war es noch dunkler. Man konnte nicht einmal die Klopoesie entziffern. Ich folgte schnell dem Ruf der Natur, spülte und öffnete die Tür. Sie

19

standen in dem engen Flur vor der Tür. Es waren zwei – wie von Dan Landa ausgeliehen. Geisterhaft.

»Schön das Maul halten, Freundchen«, sagte der Kürzere, bevor ich Gelegenheit hatte, aufzukreischen. »Wenn du keinen Scheiß baust, bleibst du ganz!«

»Was wollt ihr?« fragte ich. Die Angst schnürte mir den Hals zu. Man konnte mich kaum hören.

»Nicht labern, mitkommen!« wies mich der Kurze zurecht und kickte die Tür auf. Draußen, direkt vor der Toilette parkte ein grüner Transit. Die Seitentür stand offen.

»Rein mit dir!« zischte der Größere. Er war gut eins neunzig groß und machte ein ziemlich böses Gesicht. »Wird's bald? Los,los,los!«

Ich sah mich nach den in der Schlange stehenden Wagen um. Herr Madera stand mit dem Rücken zu mir, die Tankpistole in der Hand, den Blick auf die Zähler gerichtet. Wenn ich laut aufschreien würde, könnte er mich vielleicht hören. Vielleicht auch nicht.

»Du weißt doch, keinen Scheiß!« knurrte mich der Kurze an und stieß mich in die Rippen. Er ließ mich seine Pistole sehen, die er unter der Jacke versteckt hielt. Ich glaube nicht, Lord, daß er Lust gehabt hätte zu schießen, aber woher sollte ich das wissen? Vielleicht war er nicht ganz richtig im Kopf. Oder er hatte kurz vorher einem Gangsterfilm gesehen. Oder vielleicht wußte er nicht, wie es weitergehen sollte. Du würdest doch auch zubeißen, wenn man dich in die Ecke drängen wollte!

Ich stieg ein. Sie schoben die Tür zu und schlossen sie von außen ab. Dann sprangen sie auf die Vordersitze. Der Kurze saß am Steuer.

»Gekonnt ist gekonnt!« murmelte er und drehte den Schlüssel im Zündschloß. Dabei wandte er sich mir zu.

»Setz dich auf die Kiste«, befahl er. Im hinteren Teil des Wagens stand eine große Alukiste. Sonst gab es da nichts, nur einige Stoffetzen und Säcke. Keine Fenster.

Ich setzte mich auf die Kiste und sah durch die Windschutzscheibe, wie wir von den Toiletten zum Parkplatz abbogen, an ihm vorbeifuhren und von der anderen Seite wieder zu den Zapfsäulen kamen. Dort sah ich nochmal Herrn Madera. Er hängte gerade die Tankpistole an ihren Platz zurück. Mehr konnte ich nicht sehen, weil wir auf die Straße fuhren und uns schnell entfernten.

An der ersten Kreuzung bogen wir ab, und anstatt weiter Richtung Melnik zu fahren, ging es wieder zurück in die Stadtmitte. Nicht über die Magistrale und über die Hauptstraßen – der Kurze suchte sich lauter enge Einbahnstraßen heraus. Er mußte sich in Prag einwandfrei auskennen. Eine Weile kurvten wir in einem Industriegebiet herum, dann sah ich das Schischkowsche Denkmal vor uns. Es verschwand sofort wieder, und wir tauchten in einem endlosen Labyrinth von krummen Gassen unter.

Wenn du glaubst, Lord, daß ich dort ganz ruhig hockte und aus dem Fenster starrte, dann irrst du dich aber gewaltig. Ich zitterte vor Angst, und meine Knie wurden weich. Ich flennte auch ein wenig. Nicht daß ich erwartete, Mitleid zu erwecken – ich konnte mir einfach nicht helfen. Ich sah die Säcke auf dem Boden und die große Kiste und fragte mich: Wozu all das? Wollen die zwei etwa eine Leiche hier drin verstecken? Du weißt bestimmt, an wessen Leiche ich dabei dachte!

21

Ich sage dir, das waren die schlimmsten Minuten meines Lebens, und ich würde keinem wünschen, etwas Ähnliches zu erleben. Sich zu fürchten ist ekelig. Und jemandem Angst einzujagen ist noch viel ekeliger. Früher stülpte ich ab und zu einen Wäschekorb über unseren Kater oder ich sperrte ihn in einem Reisekoffer ein. Nur so. Aus Spaß. Heute, Lord, würde ich so etwas nicht mehr tun.

Eine Million für eine Mißgeburt

Der unaufhörliche Regen und Nebel waren der Grund, daß es bald dunkel wurde. Wir verließen Prag und fuhren Richtung Süden. Ich erkannte den Parcours in Chuchle und nach einer Weile den Fernsehsender auf dem Zuckerhut. Er leuchtete ins Halbdunkel. Die zwei auf dem Vordersitz unterhielten sich.

»Warum nicht nach Pisek?« fragte der Größere mürrisch.

»Da ist ein Mädel. Ich hab sie lange nicht gesehen.«

»Jetzt ist keine Zeit für Mädels!« wies ihn der Kurze barsch zurecht. »Wir müssen erstmal von der Straße verschwinden. Laß uns über Blatna fahren.«

»Ich würde gerne das Mädel sehen«, wiederholte der Lange. »Sie hat goldblonde Haare. Ihre Schwester ist dunkelblond.«

»Mariajosef, wir arbeiten gerade an einem Kidnapping! Wenn er ausgelöst wird, und wir in Spanien am Strand liegen, kannst du so viele Mädchen haben, wie du nur willst!«

»Spanierinnen sind aber nicht blond«, wandte der Lange ein.

Ich brachte allen Mut auf, der mir noch übriggeblieben war, und mischte mich ins Gespräch.

»Wer soll mich auslösen?« fragte ich. Es klang sehr zitterig. Der Lange drehte sich um.

»Wie viele Millionen bezahlt dein Daddy für dich?« rief er mir zu. »Eine? Zwei? Drei?«

»Mein Daddy hat keine Millionen«, sagte ich. Mit jedem Wort zitterte meine Stimme weniger. Ich begann zu glauben, daß man mit ihnen diskutieren könnte.

»Laber nicht!« schrie mich der am Steuer an. »Wir haben uns seine Firma angeguckt! Und die Villa, wo ihr wohnt! Und beide Autos!«

»Das alles gehört meinem Onkel«, sagte ich. »Mein Vater ist tot. Und meine Mutter auch.«

Wenn vor uns auf der Straße ein Ufo gelandet wäre, hätte es sie nicht mehr erschüttern können. Der Kurze trat auf die Bremse, daß ich von der Kiste flog. Ich knallte auf den Boden und stieß mir die Schulter an. Der Wagen fuhr an den Straßenrand.

»Aufstehen!« tönte es zweistimmig vom Vordersitz. Ich erhob mich. Der Lange schnappte mich am Pullover und zog mich zu sich.

»Noch einmal wiederholen!« bellte er mich an. Sein Atem roch nach Pfefferminz.

»Meine Eltern leben nicht mehr«, sagte ich. » Mein Onkel erzieht mich. Und Tante Jolana. Und die alte Frau Ert...«

»Uns interessiert nicht, wer dich erzieht, sondern wem die Kohle gehört!« unterbrach mich der Kurze.

»Na, ihnen. Dem Onkel, der Tante und...«

»Wieso haben wir keine Ahnung davon gehabt?« Der Lange schaute den Kurzen an. »Du hast behauptet, daß alles O.K. ist!«

»Wer sollte wissen, daß die Mißgeburt eine verdammte Waise ist!« wehrte sich der Kurze.

»Du hättest das wissen sollen!« rief der Lange. »Du hättest das wissen müssen, bevor du mich mit reingezogen hast!«

»Hör auf zu schreien und komm raus«, sagte der Kurze. Er öffnete die Tür. Der Lange auch. Sie sprangen auf die Straße und machten die Türen wieder zu. Sie schlossen nicht ab. Sofort dachte ich, daß es eine gute Gelegenheit zur Flucht war. Es würde reichen, auf den Vordersitz zu kriechen, möglichst leise eine Tür zu öffnen, rauszuschleichen und dann so lange rennen, bis ich Leute finden würde. Am Straßenrand wuchs eine Hecke, hinter der sich ein Hügel erhob. Hinter dem Hügel konnte ein Wald sein. Oder ein Feld. Oder ein Dorf.

Die zwei entfernten sich ein Stück vom Wagen und stritten sich. Der Lange schüttelte aufgeregt den Kopf, der Kurze erklärte etwas mit den Händen. Ich fing an, nach vorne zu klettern. Die Trennwand hinter dem Vordersitz war hoch, ich mußte mich mit aller Kraft auf die Hände stützen und die Beine hinüberschwingen. Inzwischen war es so dämmrig, daß sie mich nur schwer wiedergefunden hätten, wenn es mir gelungen wäre, aus dem Auto zu schlüpfen und mich in der Hecke zu verstecken. Ich war fast sicher, daß es gelingen konnte. Aber dann machte ich den Fehler. Als ich das linke Bein nach vorne zog, berührte ich mit dem Schuh die Hupe. Sie jaulte laut auf. Der Lange und der Kurze zuckten zusammen und liefen zum Wagen zurück. Ich muß dir wohl nicht erzählen, daß ich im Nu wieder brav auf der Kiste saß, als ob ich sie nie verlassen hätte.

»Was ist los? Was geht hier ab? Wo bist du, Mißgeburt?« kreischte der Kurze, als er die Tür aufschob. Der Lange kreischte nicht. Ohne Zögern ergriff er mich und schüttelte mich so, daß meine Nase zu bluten begann.

»Du wolltest dich verpissen, du Drecksau!« rief der Kurze beleidigt. Als hätte ich ihm vorher geschworen, ihn nie wieder zu verlassen. Da erblickte ich hinter seinem Kopf Lichter. Von Prag her näherte sich ein großer Laster. Der Lange schmiß mich auf die Säcke, knallte die Tür zu, und bevor ich nach dem dramatischen Auftritt richtig Luft holen konnte, ging es auch schon weiter.

*

Wenn ich erstmal Nasenbluten kriege, werde ich es so schnell nicht wieder los. Im Internat passierte so was ziemlich oft. Beim Hockey, beim Tennis, manchmal sogar beim Duschen. Ich mußte mich jedesmal auf den Rücken legen und mir ein nasses Taschentuch auf die Stirn pressen. Jetzt hatte ich kein Taschentuch bei mir. Kein nasses und auch kein trockenes. Ich lag auf den Säcken, den Kopf weit zurückgelehnt, und drückte mir einen Stoffetzen, den ich auf dem Boden ertastet hatte, an die Nase.

Ich dachte an Herrn Madera. Bestimmt hatte er mein Verschwinden schon gemeldet. Tante und Onkel saßen zur Zeit wahrscheinlich auf einer Polizeiwache und gaben eine präzise Personenbeschreibung: Libor Jeschin, zwölf Jahre, schlank, krauses Haar und auffallend bleiche Haut. Sie hätten das große Muttermal auf meiner Fußsohle erwähnen können, aber sie wußten wohl überhaupt nichts davon. Da erinnerte sich Tante Jolana eher daran, daß ich Nike-Turnschuhe und einen Pullover mit aufgesticktem Krokodil anhatte. Sie brachten garantiert auch ein Foto von mir mit.

Hundertprozentig das vom letzten Schulausflug. Ich stehe darauf neben einem überdimensionalen Gartenzwerg, wir halten uns an der Hand und grinsen beide gleich dämlich. Das Photo hat Frau Adamek, unsere Kunstlehrerin, geschossen. Sie nahm uns Anfang letzten Schuljahres mit nach Pilsen zur Kitschausstellung. Bei dieser sensationellen Gelegenheit fotografierte sie jeden Einzelnen. Es hat uns schlimm erwischt – ohne Ausnahme.

Ich dachte dort auf dem Boden des Transits auch an meine Mitschüler im Internat. Wie sie wohl reagieren würden, wenn sie von meiner Entführung erfuhren. David würde mich bemitleiden, weil ich die nächste Beverly-Hills-Folge nicht sehen konnte. Herman würde meine Sonntagsportion Kuchen beschlagnahmen. Jonas würde nicht wollen, daß man von der ganzen Sache redete. Immer war er aus unbegreiflichen Gründen eifersüchtig; er würde meinen, daß ich durch mein Verschwinden zum Helden wurde.

Das Blut floß immer weiter. Ich spürte, wie mein Kopf zu schmerzen begann. Die zwei vorne stritten nicht mehr. Sie redeten leise und verschwörerisch. Ich sperrte die Ohren auf, aber das laute Motorgeräusch ließ nur Satzfetzen zu mir durch.

»Glaubst du, sie werden...?« fragte der Lange. Seine Stimme klang tief und melodisch.

»Adoptiv oder stief!« unterbrach ihn der Kurze. »Wir müssen ganz klar... Fünfhunderttausend für jeden!«

»Keinen Hunnie weniger«, stimmte der Lange zu. »Bedenke nur...«

Ich hörte nichts mehr. Von der Angst, vom Wagenschütteln und vom verlorenen Blut war ich so erschöpft, daß ich einschlief. In diesem Moment war mir egal, was mit mir passierte. Ich hörte auf, mir darüber den Kopf zu zerbrechen. Ich dachte, es sollen sich mal höhere Mächte darum kümmern, falls es welche gibt.

So war das an diesem Sonntag, Lord. Und falls es dich interessiert, wie es weiter ging, dann hör auf, hier die Rebhühner zu scheuchen und komm zurück auf den Weg. Hast du gehört? Sonst werde ich dich an die Leine nehmen müssen, und das wird dir verdammt leid tun!

Schrei ruhig, es wird dich keiner hören

Ich wachte vom Schmerz auf. Jemand rüttelte an meiner Schulter. An der gestauchten. Ich öffnete die Augen. Es war dunkel um mich herum. Eine tiefe Männerstimme klang melodisch durch die Dunkelheit – nicht weit von meinem Ohr entfernt.

»Aufstehen! Hey! Schluß mit dem Pennen!«

Es dauerte ein bißchen, bis ich mich erinnerte. An den Transit. An die Säcke unter mir. An alles.

»Hey! Wach auf!«

Es war der Lange. Er schüttelte mich immer heftiger. Ich fürchtete, daß ich wieder Nasenbluten bekommen würde und setzte mich auf.

»Du hast aber auch einen Schlaf!« brummte er. Gleichzeitig konnte man die Erleicherung in seiner Stimme hören. Offensichtlich hatte er gedacht, daß ich unterwegs verblutet wäre, und er seine Belohnung nicht bekommen würde.

»Komm raus!« befahl er und schubste mich aus dem Wagen. Draußen war es auch nicht heller. Die dichte Dunkelheit wurde von keinem einzigen Stern durchbrochen. Nicht einmal ein weit entferntes Licht war zu sehen. Oben dunkel, unten dunkel, dunkel überall. So eine Dunkelheit gibt es in der Stadt nicht. Auch nicht auf dem Land. Die gibt es nur da, wo fast keine Menschen leben. Denn Menschen, Lord, finden keinen Gefallen an der Dunkelheit. Menschen fürchten sich vor ihr, so wie sie sich vor allem fürchten, was keinen Anfang und kein Ende hat. Ich fürchtete mich auch. Ich stand am Wagen und wagte mich keinen Schritt weiter.

»Nicht glotzen! Los, los!« ertönte es irgendwo vor mir. Die Stimme des Kurzen klang wie immer ungeduldig, gereizt. »Wo bleibst du, verdammt?!«

Ein scharfes Lichtskalpell schnitt plötzlich die dicke Haut der Dunkelheit auseinander. Der Kurze hielt eine Taschenlampe. Er zeigte uns steinerne Stufen im Gras, die einen steilen Hang hinaufführten. Der Lange schubste mich von hinten an, und ich begann aufzusteigen. Ich zählte leise vor mich hin: eins, zwei, drei... Das nasse Gras strich mir um die Knöchel. Zehn, elf, zwölf... Ich spürte, wie der Lange mich hinten am Pullover festhielt. Vierundzwanzig, fünfundzwanzig, sechsundzwanzig... In der Krone eines nahestehenden Baumes hörte man ein erstauntes Piepen. Ein Vogel wunderte sich, was das wohl für eine Prozession war, die den Hang hinaufstieg.

Über der zweiunddreißigsten Stufe lag eine steinerne Terasse. Hinter ihr ragte eine weiße Wand empor. Das Licht der Taschenlampe glitt über sie hinweg und blieb am Türschloß stehen. Der Kurze steckte den Schlüssel hinein und drehte ihn um.

»Was ist mit den Nachbarn?« fragte der Lange hinter mir. Er hielt mich nicht mehr am Pullover, sondern am Ellbogen fest.

»Sie kommen erst am Anfang der Ferien«, antwortete der Kurze. Das Schloß gab nach, die Tür öffnete sich. Aus dem Inneren quoll der muffige Geruch eines unbewohnten Hauses. Er erinnerte mich an den Internatskeller, in dem wir manchmal Tischtennis spielten. Dort roch es ebenso.

»Keiner hier in der Gegend«, hatte mich der Kurze aufmerksam gemacht, noch bevor er die Schwelle überschritt. »Schrei ruhig, wenn du willst – es wird dich keiner hören!«

»Wann laßt ihr mich laufen?« fragte ich. Der Aufstieg hatte mich wach gemacht; ich fing wieder an, mich für mein Schicksal zu interessieren.

»Erst wenn dein Onkel die Kohle rausrückt«, antwortete der Lange.

»Und wenn er sie nicht rausrückt?« setzte ich meine Fragerei fort.

»Wer zuviel fragt, erfährt gar nichts«, gab der Kurze zurück und betrat das Haus. Der Lange schob mich hinter ihm her. Nun war ich wirklich gefangen.

*

Die Kammer, in die sie mich führten, war voller Holzscheite. Durch ein kleines vergittertes Fenster strömte frische Luft herein und mischte sich mit dem Duft der Rinde und des Harzes.

»Denk nicht, daß wir dich aufs Klo führen!« schnauzte der Kurze und stellte einen Eimer in die Ecke. Auf den Boden warf er mir einen Schlafsack.

»Wenn dein Magen knurrt, dann klopf an die Tür! Wir wollen ja schließlich nicht, daß du verhungerst«, fügte er hinzu. Er leuchtete mir mit der Taschenlampe in die Augen, lachte und schloß die Tür. Ich hörte, wie er von außen absperrte. Dann hallten seine Schritte auf den Fliesen, begleitet von der melodischen Stimme des Langen.

31

»Das Mädel in Pisek...«, sagte er. Das Knarren einer Tür verschlang den Rest seines Satzes.

Ich blieb im Dunkeln stehen und wartete. Schwer zu sagen, worauf. Um mich war es still, nichts rührte sich. Ich kann nicht genau abschätzen, wie lange ich dort Wache hielt, ich weiß nur, daß mir die komischsten Gedanken durch den Kopf gingen. Die meisten betrafen den Onkel. Ich war mir nicht sicher, Lord, was er tun würde. Ich kannte mich mit ihm nicht aus. Und mit Tante Jolana noch weniger. Niemals erschütterte sie etwas wirklich. Sie regten sich zwar über so manche Unordnung in der Welt auf, aber ich konnte mir nicht vorstellen, daß sie sich Sorgen um mich machten. Daß sie eine schlaflose Nacht am Telefon verbrachten. Daß sie seufzten, sich grämten, das Gesicht in den Händen verbargen oder sogar weinten. Versteh doch, ich möchte nicht über sie herziehen – das wäre undankbar! Ich versuche nur, dir klarzumachen, daß mir in dieser Nacht im Holzschuppen, in dieser Nacht des Wartens und Nachdenkens, zum ersten Mal auffiel, wie fremd wir uns waren.

Nach einer Zeit, die mir ziemlich lang erschien, hörte ich wieder das Knarren der entfernten Tür und Schritte. Sie näherten sich.

»Glaubst du, er ist eingeschlafen?« hörte ich den Kurzen. Er versuchte, seine Stimme zu dämpfen.

»Klare Sache!« erwiderte der Lange.

»Wir schauen mal nach«, schlug der Kurze vor. Es ertönte das Klirren des Schlüssels und ein metallisches Rasseln. In der Stille der Nacht klang das tierisch laut.

»Laß das«, zischte der Lange. »Du weckst ihn ja noch!«
Das Rasseln hörte auf.

»Bis er ausgepennt hat, sind wir dreimal zurück«, fuhr der Lange mit seinem melodischen Baß fort. »Nach Pisek dauert's ja nur 'ne halbe Stunde!«

Der Kurze gab nach und zog den Schlüssel ab. Danach hörte ich ein Geräusch auf den Fliesen. Sie schoben wohl einen Schrank vor meine Tür. Kurz darauf hörte ich das Anlassergeräusch des Transits unten am Hang. Das leiser werdende Motorbrummen verriet mir, daß ich allein war. Mit aller Kraft rüttelte ich an der Tür. Sie rührte sich nicht. Ich versuchte über die Holzscheite zum Fenster zu klettern, aber sie waren zu steil gestapelt und ich rutschte immer wieder aus.

»Hey!« schrie ich. Nur so – falls jemand in der Nähe sein sollte. »Heey! Hier bin ich! Hiiilfeee!«

Ich verstummte und lauschte. Die Stille war genauso vollkommen wie vorher. Ich beschloß, aufs Tageslicht zu warten. Dann würde ich sehen, wie es weiterging. Ich ertastete den Schlafsack auf dem Boden, kroch hinein und schloß die Augen. Wenn ich so wäre wie du, Lord, zornig und ungeduldig, hätte ich bestimmt angefangen, im Kreis zu laufen, das Holz herumzuschmeißen, versucht die Tür einzurennen oder an der Schwelle zu graben. Aber du kennst mich ja: Ich bin eher ruhig. Außerdem wußte ich, daß so ein Toben keinen Sinn hätte. Das Einzige, was man hier tun konnte, war Abwarten und Tee trinken!

*

Ich schlief nicht tief. Der Fußboden war hart, und der Schlafsack stank, als hätten Katzen ihn seit Jahren als Klo benutzt. Im Halbschlaf nahm ich die Rückkehr des Transits und Stimmen im Flur wahr. Dann wurde wieder alles still.

Die Vögel weckten mich. Ich wußte nicht, wie spät es war, aber es dämmerte schon. Ich konnte die Holzstapel an den Wänden erkennen, den Umriß der Tür und das graue Viereck des vergitterten Fensters. Ich kroch aus dem Schlafsack und wollte mich nach Gewohnheit strecken, aber ein dumpfer Schmerz an der Schulter stoppte mich. Ich mußte mir ganz schön wehgetan haben, am Tag davor. Ich begann, die Schulter ein wenig kreisen zu lassen, um sie zu lockern, aber es ging nicht richtig.

Ich ließ es bald und fing stattdessen an, das Holz umzuschichten. Sie hatten hier so viel davon, daß es gereicht hätte, die Nationaloper damit zu heizen. Oder in Brand zu stecken. Lange Reihen runder Hölzer vom Boden bis zu der Decke, hinter ihnen größere Holzklötze und unter dem Fenster Stücke eines auseinandergesägten Telegraphenmastes. Die lagen im großen Durcheinander auf einem Haufen. Ich schichtete fünf nebeneinander, darauf die nächsten fünf, darauf vier, dann drei und so weiter, soweit ich nur reichen konnte.

Ich arbeitete leise und ziemlich langsam, weil mir bei jeder Bewegung die Schulter schmerzte. Endlich war die Holzfestung so gebaut, daß ich darauf ohne Probleme zum Fenster klettern konnte.

Es war klein. Ich hätte mich nicht durchzwängen können, auch wenn kein Gitter davor angebracht gewesen wäre. Ich steckte wenigstens den Kopf heraus und schaute mich um. Es war nicht viel zu sehen: der Wald, ein Stück des steilen Hangs, ein verrosteter Schubkarren und eine Ecke des Hauses, in dem ich gefangen gehalten wurde. Höchstwahrscheinlich ein Wochenendhaus. Dafür sprach ein mit Unkraut überwachsenes Rosenbeet an der Mauer.

Enttäuscht zog ich den Kopf zurück. Es sah aus, als hätten sie mich an den Rand der Welt geschleppt. Irgendwo in die Walachei. Hier konnte ich wirklich bis zum Heiserwerden schreien, und es würden mich nur die Spatzen im Wald hören. Der Kurze hatte zwar von Nachbarn gesprochen, die zu Beginn der Sommerferien kommen sollten, aber wer weiß, wo die wohnten. Ihr Haus konnte auch drei Kilometer weit weg stehen!

Als mir das klar wurde, begann ich mich wirklich blöd zu fühlen. Sogar Tränen stiegen mir in die Augen, und das heißt schon was, denn Heulen gibt es bei mir selten. Während das Nasenbluten bei mir ganz normal ist, kann ich Tränen nicht aus mir herausquetschen, auch wenn ich will. Ich habe keine Begabung fürs Weinen.

Um die ungewohnte Feuchtigkeit in den Augenwinkeln abzutrocknen, streckte ich den Kopf erneut durch das Fenster. Über die Wiese zog ein leichter Morgenwind und wehte in mein Gesicht. Er brachte den Geruch des nassen Grases zu mir und noch etwas, was ich zuerst nicht definieren konnte, aber mit Wohlgeruch hatte es bestimmt nichts gemeinsam. Ich schnupperte ein paarmal prüfend. Es kam von unten. Ich neigte den Kopf nieder und erblickte direkt unter dem Fenster einen Blechdeckel, der mit Resten von Teerpappe bedeckt war.

Jetzt, wo ich es dir erzähle, ist es so einfach wie ein Kinderspiel. An dem Morgen dauerte es allerdings eine ganze Ewigkeit, bis ich begriff, worum es ging: Das Blech bedeckte eine Senkgrube, die unter der Hausmauer zum Klo führte.

Ich kannte das System aus den Sommerlagern; die seichten Senkgruben stanken fürchterlich, und die Klos darüber waren von Fliegen übersät. Hier waren keine Fliegen. Auch der Geruch war nicht so stark. Die Senkgrube wurde wahrscheinlich nicht mehr benutzt, und das Klo hatte man abgebaut. Aber wo stand es früher? Wo denn, Lord, was denkst du? Gib auf, du errätst es ja sowieso nicht! Das Klo, das abgebaute Klo muß direkt in meinem Holzschuppen gewesen sein!

Als mir das bewußt wurde, stürzte ich fast vom Holzhaufen, auf dem ich balancierte. Ich zögerte keine Minute und ging ans Werk. Alle Telegraphenmasten, die ich vorher mühsam am Fenster aufgestapelt hatte, trug ich jetzt zur gegenüberliegenden Seite. Die Schulter meldete sich schmerzhaft, aber ich schenkte ihr keine Aufmerksamkeit. Ich wollte erstmal wissen, ob ich mit meiner Vermutung richtig lag.

Unter der untersten Reihe der Masten war eine Schicht von Sägespänen, Rindestücken und Holzresten. Ich kehrte sie an einer Stelle weg und entdeckte, was ich schon vermutet hatte: Bretter. Ich legte mich auf den Bauch und schnupperte. Der unvergeßlicher Geruch der Sommerlagerlatrinen, stieg mir in die Nase. Meine Begeisterung darüber legte sich genauso schnell wie er aufgekommen war, denn soviel ich mich auch umschaute, ich konnte nichts finden, womit ich die Bretter hochhebeln und das Loch der alten Senkgrube hätte freiräumen können.

Ich ging hin und her, durchsuchte jede Spalte, jeden Winkel, kickte die Spänen auseinander – alles umsonst. Der Lange und der Kurze hatten darauf geachtet, keinen spitzen Gegenstand in meinem Gefängnis liegen zu lassen. Ich verlor schon jede Hoffnung, doch dann fiel mein Blick auf meinen Gürtel. Er hatte eine massive Metallschnalle. Ich öffnete sie, kniete mich auf den Boden und steckte sie unter das Brettende. In dem Augenblick, als ich anfing hochzuhebeln, passierte etwas Unerwartetes: Der verrostete Nagelkopf sprang einfach weg! Ohne große Mühe riß ich das Brett ab und danach auch die beiden daneben. Vor mir klaffte ein einen Meter breites Loch. Ich tauchte eines der Bretter hinein und zog es wieder hoch. Ein feuchter, dunkler Umriß zeigte mir an, daß unten etwa zehn Zentimeter tief Gülle lag.

Ich entschloß mich im Nu. Ich schmiß soviel Holz in die Grube, daß ich trocken stehen konnte. Dann kletterte ich hinein, kroch in der Hocke ans äußere Ende der Senkgrube und versuchte den Deckel, den ich aus dem Fenster gesehen hatte mit den Schultern anzuheben. Er bestand aus Blech, und weil ihn lange keiner hochgehoben hatte, war er im Rahmen festgekeilt. Ich konnte ihn nicht bewegen. Außerdem stemmte ich nur mit der linken Schulter – die rechte schmerzte immer stärker.

Es ist ein merkwürdiges Gefühl, sich seiner eigenen Schwäche plötzlich bewußt zu sein. Die Freiheit war nicht mehr so weit entfernt wie noch gestern abend oder vor einer Stunde – ich hatte sie in Reichweite, ein paar Zentimeter über dem Kopf – doch meine Kräfte reichten nicht aus! Ich stand dort, im Gestank und im Dunkeln, über mir ein rostiges Blech, unter den Füßen wackelige Holzstücke, und ich begann langsam wütend zu werden. Wozu all die Tennis- und Schwimmstunden, das Hockeytraining? Wozu die Goldmedaille im Doppel, die Hermann und ich beim Schulwettkampf gewonnen hatten? Dazu, daß ich sie mir im Internat übers Bett hängen konnte und mit dem blöden Deckel der blöden stinkenden Senkgrube nicht fertig wurde? Ich fing an, meine Gedanken laut zu äußern, um den Zorn zu steigern, der sich meiner bemächtigte.

»Schwächling! Futzi!« schimpfte ich mit mir selber. »Das schaffst du alleine nicht! Dazu hast du nicht genug Dampf, Arschflasche! Klettere lieber zurück, bevor sie dich hier kriegen, Würstchen! Zwergenfurz! Pißsocke!«

Die Pißsocke gab mir den Rest. Die Wut, die sich allmählich in mir angestaut hatte, kochte über und brachte mich zum Ausrasten. Ich bückte mich und mit einem heftigen Ruck stemmte ich den Deckel hinaus. Mir wurde schwarz vor den Augen, weil ich mich nicht nur an der schmerzenden Schulter, sondern auch am Kopf gestoßen hatte. Meine Füße steckten in der Gülle, und die Augen waren voller Rostschuppen, die von oben herabrieselten. Ich hatte aber keine Zeit nachzudenken, wie ich aussah und was mir wehtat. Der Lärm, den ich veranstaltet hatte, weckte vielleicht den Langen und den Kurzen. Ich mußte so schnell wie möglich abhauen. Ich schob den losen Deckel zur Seite – jetzt, wo ihn der Rahmen nicht mehr hielt, kam er mir lächerlich leicht vor – ich stemmte mich auf die Hände und kroch auf dem Bauch aus der Senkgrube. Kurz blickte ich zum Haus zurück, in dem ich die heutige Nacht verbracht hatte. Es stand da, in der Morgendämmerung, still und unschuldig weiß, eine nette Hütte im Hang, Rosen am Zaun, ein rotes Dächlein über dem Schornstein. Ein Märchenhaus. Mein Gefängnis. Ich drehte mich um und lief. Den Hang hinauf, zum nächsten Waldzipfel.

Nach Hause

Es war mein längster Lauf. Ich lief und lief. Den Hang hinauf, durch den Wald, über die Wiesen und Lichtungen, die schmalen Waldwege entlang und auch durchs hohe Gras. Ich lief solange ich konnte und noch weiter. Ich weiß nicht, wieviele Kilometer ich rannte, und wie lange es dauerte, aber ich kann mich gut daran erinnern, wo mein Lauf endete. Ich stolperte über eine Wurzel und flog kopfüber in den Farn. Wie ich gelandet war, so blieb ich liegen. Unter mir duftete feuchte Erde, die Baumkronen brausten über mir, und in mir bebte jede Zelle meines Körpers.

Ich ruhte lange aus. Nach einer Weile öffnete ich die Augen und drehte mich auf den Rücken, aber ich blieb liegen und bewegte nicht einmal den kleinen Zeh. Ich fühlte, wie Schweiß an mir festtrocknete. Einige Vögel gaben zu erkennen, daß sie meine Anwesenheit bemerkt hatten, sonst schenkte mir der Wald keine Aufmerksamkeit. Der Morgennebel lichtete sich allmählich, die Sonnenstrahlen brachen durch das Waldgestrüpp. Bruchstückhaft und mit Verspätung wurde mir bewußt, was geschehen war: Ich war entkommen. Nun war ich frei. Nicht mehr in der Gewalt des Kurzen und des Langen. Ich mußte nicht warten, bis mich die Polizei gefunden oder bis mein Onkel eine Million für mich bezahlt hatte. Ich konnte gehen, wohin ich wollte.

Ich stand auf und schaute mich um. Nichts war zu sehen außer Wald. So weit ich auch gelaufen war, es bestand noch immer die Gefahr, daß der Kurze und Lange mir auf den Fersen waren. Vielleicht hatten sie mich bei der Flucht aus dem Fenster gesehen. Vielleicht waren sie gleich nach mir aufgebrochen und jetzt irgendwo in der Nähe. Vielleicht hatten sie sich aufgeteilt und suchten die Umgebung Meter für Meter ab. Ich hatte keine Lust, ein zweites Mal in ihren Händen zu landen. Ich entschloß mich, schnell eine Straße zu finden und per Anhalter möglichst weit weg von hier zu kommen. Dann würde man weiter sehen.

Ich wandte mich in die Richtung, wo der Wald lichter zu werden schien. Ich rannte nicht mehr, versuchte leise aufzutreten, blieb jeden Augenblick stehen und drehte mich um. Einmal ertappte ich ein hinter meinem Rücken flitzendes Eichhörnchen, ein anderes Mal war es eine Kröte, die mich vom Baumstumpf aus anstierte. Vom Kurzen und dem Langen keine Spur. Nach einiger Zeit entdeckte ich einen Pfad und folgte ihm. Anfangs war er schmal, doch bald wurde er breiter und begann einen Hang hinunterzuführen. Tiefe Furchen in seiner matschigen Oberfläche zeigten, daß hier Baumstämme geschleppt wurden. Es dauerte nicht lange, und ich war aus dem Wald draußen.

Ich stand am Rande einer breiten Lichtung. Direkt vor mir floß ein Bach, hinter ihm verliefen Schienen, rechts konnte man ein Sägewerk sehen. Ich war schon im Begriff dorthin zu gehen, da erblickte ich die Frau. Sie eilte über eine schmale Brücke zum Bahndamm, unter der Last einer großen Tasche gekrümmt. Ununterbrochen wechselte sie die Hand, ohne auch nur für eine Sekunde anzuhalten.

Plötzlich erklang ein gezogenes Pfeifen, und in der Kurve erschien ein Bummelzug. Die Frau stellte ihre Tasche auf die Erde und begann, mit beiden Händen zu winken. Dann, als ob sie sich immer noch nicht sicher wäre, daß sie der Lokführer sah, riß sie ein buntes Tuch vom Kopf und fuchtelte damit durch die Luft. Der Zug fuhr langsam am Sägewerk vorbei und begann zu halten. Das Quietschen der Bremsen füllte das Tal mit einem selbstbewußten Ton.

Ich zögerte nicht lange. Das einsame Sägewerk mitten im Wald schien mir bei weitem keine so gute Zuflucht wie die Waggons voller Reisender zu sein. Waggons, die langsam, aber sicher weg von hier, weg von meinem Gefängnis, weg vom Langen und Kurzen fuhren. Wenn du es wissen willst, Lord, das war der erste Zug meines Lebens, zu dem ich rannte und laut schrie. Was? Nichts Besonderes.

»Warten Sie!« rief ich. »Ich komme ja schon! Laßt mich nicht hier!«

*

Der Zug war ein Opa. Seine Gelenke knackten, er keuchte und seufzte und setzte einen Fuß vor den anderen. Ich blieb im Gang stehen und wartete auf den Schaffner. Ich wollte ihm alles berichten. Meine ganze Geschichte. Sonst würde er mich – ohne Geld und ohne Fahrkarte – an der nächsten Kurve wieder rausschmeißen. Die Frau, die gleichzeitig mit mir eingestiegen war, setzte sich im gegenüberliegenden Abteil hin und schaute hinaus. Auch ich drehte den Kopf zum Fenster und beobachtete die vorbeiziehende Landschaft. Wir fuhren aus dem Tal hinaus und erneut in den Wald hinein. Er war dunkel, dicht und unendlich. Bei dem

41

Gedanken, daß ich in ihm noch vor wenigen Augenblicken rumgeirrt war, ohne zu wissen, ob ich nicht gejagt würde, stieg mein Puls. Aber ich hatte nichts mehr zu befürchten.

Der Schaffner kam noch immer nicht, und so ging ich nach einer Weile aufs Klo. Als ich mein Gesicht im Spiegel sah, sprang ich vor Schreck rückwärts. Ich sah schlimmer aus als du, Lord, wenn du durchs Moor wetzt! Die Haare voller Nadeln, feiner Splitter und kleiner Rindenstückchen, auf der verschwitzten Stirn eine Menge Rostschuppen und überall, wo man nur hinschaute, getrocknete Blutspuren. Im selben Zustand wie mein Gesicht war auch meine Kleidung. Ein zerrissener Pullover, schmuzige Hosen, die Schuhe mit Gülle vollgesogen. Ich merkte, wie ich stank. Ich ließ die flüssige Seife in meine Hände tropfen und wusch mich mit Wasser so gut es ging. Es ging nicht besonders gut, aber nachdem ich mich über die Kloschüssel gebeugt, mir den ganzen Dreck aus den Haaren geschüttelt und mich ein bißchen mit den Fingern zurechtgekämmt hatte, erweckte ich nicht mehr den Eindruck, als hätte ich meine ganze Kindheit auf dem Misthaufen verbracht.

Kurz bevor ich aus der Toilette kam, ergriff mich ein merkwürdiges Gefühl. Als ob sich alles wieder von neuem abspielte. Als ob ich die Entführung erst noch vor mir hätte.

Langsam und vorsichtig öffnete ich die Tür, bereit sie wieder zuzuknallen, falls im Gang etwas Verdächtiges auftauchen sollte. Er war jedoch menschenleer. Ich ging hinaus und hielt Auschau: keine Geister. Es war nicht mehr Sonntag. Aus dem nächsten Abteil hörte ich ein Radio spielen.

»Wir melden uns mit den Acht-Uhr-Nachrichten«, verkündete die Ansagerin.

Ich näherte mich, um zu hören, ob sie etwas über mich sagten. Sie berichteten Wichtigeres. Irgendwelche Soldaten, die aufhören sollten zu schießen, hörten nicht auf, die Bombe in der U-Bahn hatte nicht fünf, sondern zehn Fahrgäste getötet, und der Patient mit dem transplantierten Herzen, von dem man angenommen hatte, er würde überleben, war gestorben. Danach spielten sie Walzer.

Ich schlenderte durch den Waggon, fand ein halbleeres Abteil und setzte mich ans Fenster. Ich wußte nicht, wohin der Zug fuhr, und es interesierte mich nicht. Der Schaffner würde es mir sagen. Ich wiederum muß ihm sagen... und den Onkel möglichst bald benachrichtigen... der Lange und der Kurze schäumen vor Wut... sie suchen mich... sie beschimpfen sich gegenseitig... Tante Jolana beim Frühstück: Reich mir den Honig... danke... Onkel rechnet, wieviel ihm übrigbleibt, wenn er bezahlt... eine Million für die Mißgeburt... ich muß ihn anrufen... ihn beruhigen... die Jungs im Internat auch... sie haben mir den Sonntagskuchen weggegessen, und jetzt knurrt... knurrt...

Meine Gedanken verwirrten sich immer mehr, die müden Beine taten weh, die kaputte Schulter auch. Ich zog meine Schuhe aus und legte die Füße auf den leeren Sitz gegenüber. Der Zug hielt und fuhr wieder. Die Sonne schien mir in die Augen. Ich schloß sie.

*

Hier werden wir uns ein bißchen ausruhen, Lord, und den Kuchen essen. Warte mal, die Hälfte gehört mir, du frißt doch sowieso keinen Mohn! Weißt du denn überhaupt, daß diese Bank eine besondere Bedeutung hat? Es war die allererste Sache, die ich erblickte, als ich damals die Augen öffnete. Der Zug stand, überall Totenstille, die Tür meines Abteils sperrangelweit offen. Wir waren irgendwo angekommen. Ich öffnete das Fenster und lehnte mich hinaus. Vom gestrigen Regen keine Spur. Die Sonne stand hoch am Himmel und erhitzte das Blech des Waggons so, daß man es kaum anfassen konnte. Ich sah einen ländlichen Bahnhof mit einem leeren Bahnsteig, einem geschlossenen Schalter und einem verblichenen Ortsschild KRUPKA i.B. Der einzige Mensch in Blickweite war der alte Herr Podestat. Er saß genau hier auf der Bank, nippte an seiner Pfeife und blinzelte mit den Augen. Ich kannte ihn damals noch nicht und wußte auch nicht, daß er fast taub ist. Ich rief ihn an.

»Guten Tag! Können Sie mir sagen, wohin er weiter fährt?«

Er zog die Pfeife aus dem Mund.

»Was?« schrie er zurück.

»Weiter!« rief ich. »Ich frage, wohin dieser Zug weiter fährt!«

»Geehrt?« staunte er. »Ich fühle mich nicht geehrt.«

»Wohin fährt er weiter?« brüllte ich, bis meine Ohren anfingen zu schmerzen. Endlich begriff er. Er erhob sich von der Bank, beugte sich vor, und in der Annahme, ich sei genauso schwerhörig wie er, legte er die Hand an den Mund.

»Hier ist Endstation!« schrie er. »Weiter fährt nichts! Nur zurück!«

Das verdarb mir die Laune. Allem Anschein nach war ich für lange Zeit eingeschlafen, der Schaffner hatte mich nicht geweckt, und ich war in irgendeinem Kaff gelandet. Außerdem waren meine Schuhe verschwunden. Ich durchsuchte das ganze Abteil, aber umsonst. Höchstwahrscheinlich hatten sie so gestunken, daß es einer der Mitreisenden nicht mehr ausgehalten und sie zum Fenster hinausgeworfen hatte. Ich stieg barfuß aus dem Zug und ging auf Herrn Podestat zu. Es war kein Gehen, eher ein Hopsen, weil der Betonbahnsteig abartig unter den Fußsohlen brannte. Endlich hüpfte ich ins Gras an der Bank.

»Ist hier ein Telefon?« fragte ich. Deutlich, langsam und laut.

»Telefon?« wiederholte Herr Podestat, als ob er sich vergewissern wollte, richtig gehört zu haben. Dann deutete er mit der Hand Richtung Bahnhof. »Beim Stationvorsteher ist ein Telefon. Aber der Vorsteher kommt erst um drei zurück. Ich passe hier auf seine Ziegen auf.«

Zwei Ziegen, die eine weiß, die andere gefleckt, weideten ein Stück weiter in einem grasbewachsenen Hof. Die Uhr über dem Schalter zeigte halb zwölf an.

»Wollen Sie damit sagen, daß ich vor drei nicht telefonieren kann?« Ich starrte ihn verzweifelt an. »Ist hier denn überhaupt keiner?«

»ICH bin hier«, antwortete er barsch und setzte sich zurück auf die Bank. An der Art, wie er in seine Pfeife biß, konnte ich erkennen, daß ich ihn mit meiner Frage beleidigt hatte.

Ich setzte mich neben ihn und beobachtete schweigend die Ziegen. Es schien ihnen nichts zu fehlen. Zufrieden rupften sie Gras, und ab und zu drehten sie sich nach uns um. Ich war nicht zufrieden. Die Zeit verging, und es war mir immer noch nicht gelungen, Tante und Onkel Nachricht zu geben, daß ich am Leben war. Außerdem hatte ich Hunger. Seit dem gestrigen Mittagessen in der »Goldenen Birne« hatte ich gar nichts gegessen, und jetzt war mir ein bißchen schwindelig. Auch die verletzte Schulter schmerzte immer mehr. Schmerzte und wurde steif. Nicht einmal gerade hinsetzen konnte ich mich.

»Wenn du diesen Weg entlang gehst, kommst du nach Sedlitz«, ließ mich auf einmal Herr Podestat wissen. Trotzig zu sein machte ihm offensichtlich keinen Spaß. »In Sedlitz ist eine Post – die ist allerdings geschlossen. Von dort aus kann man auch mit dem Bus nach Krumau oder nach Eisenstein fahren.«

»Ich muß weder nach Krumau noch nach Eisenstein fahren, ich brauche ein Telefon!«

Er machte eine verschwörerische Miene und wandte sich mir zu. Die Auskunft, die er mir geben wollte, war vermutlich streng geheim.

»Die Panenkas haben ein Telefon«, teilte er mir mit.

»Wo wohnen sie?«

»Was?«

»Wo wohnen sie?« jaulte ich aus vollem Halse. Herr Podestat zuckte nicht einmal mit der Wimper. Er nahm seine Pfeife aus dem Mund und winkte mit ihr in Richtung Bahnstrecke.

»Geh den Schienen nach bis zur nächsten Station«, riet er mir.

»Wieso? Sie haben doch gesagt, daß weiter nichts mehr ist! Daß Krupka Endstation ist!«

Ich glaube, er verstand die Worte nicht, aber konnte sich meine Verwunderung erklären.

»Früher ist der Zug zur Fichtelhude, zum Schützenstein,

sogar bis zum Gimselberg gefahren«, begann er mir zu erklären. »Nun ist die Strecke stillgelegt – seit einigen Jahren. Die Bahnhöfe und die Stationsgebäude hat man versteigert. Die Panenkas wohnen gleich hinter diesem Hügel. Es sind keine zwei Kilometer.«

Ich stand auf.

»Und haben sie bestimmt ein Telefon?« versicherte ich mich. Herr Podestat blinzelte mich an. Du kennst ihn doch, Lord, die Neugierde macht ihm zu schaffen!

»Wer bist du eigentlich?« fragte er. »Wo kommst du her? Und wo gehst du hin?«

»Nach Hause«, antwortete ich. Ich sagte es nur so. In dem Augenblick hatte ich keinen Bock, etwas zu erklären.

»Wohin?« Er wandte mir sein Ohr zu.

»Nach Hause!« brüllte ich ihm hinein. Es stimmte. Nur anders, als ich in dem Moment dachte.

Flüchtling, auf jeden Fall

Ich sprang von einer Bahnschwelle zur nächsten. Die Schienen glühten, ich konnte sie nicht mit der Hand, geschweige denn mit dem nackten Fuß berühren. Der Mittag stand vor der Tür. Den starken Regen, der am Tag zuvor gefallen war, konnte man nur noch am leichten Dunst über dem Wald erkennen. Die Luft roch nach Nadelholz, blühendem Gras und Motoröl, mit dem die Schwellen eingelassen waren. Trotz immer größer werdenden Hungers, kaputter Schulter und der verrückten Situation, in der ich mich befand, fühlte ich mich gut. So merkwürdig angenehm. Es gefiel mir, rissiges Holz unter meinen Füßen zu spüren, in der Mittagssonne auf dem alten, stillgelegten Gleis zu gehen und zu wissen, daß keiner, kein Mensch auf der ganzen Welt eine Ahnung hatte, wo ich war.

Das Internat war weit, der Lange und der Kurze waren weit, Onkel Michael und Tante Jolana verschwanden irgendwo hinter dem Horizont. Ich schüttelte nicht nur Angst und Spannung der letzten Stunden von mir ab, weg war auch die lauwarme Stimmung der Geburtstagsfeier, die mäßige Freude an den Geschenken, die Erinnerung an die flüchtigen Begrüßungs – und Abschiedsküsse. Ich kam mir frei vor wie noch nie. Ich pfiff sogar ein wenig vor mich hin.

Die Schienen liefen zuerst gerade und dann begannen sie

einen sanften Bogen zu schlagen. Weit nach vorne konnte ich jedoch nicht sehen, der Wald versperrte mir die Sicht. Ungefähr nach einer Viertelstunde wurde er lichter, und zwischen den Ästen blitzte ein weißes Trafohaus hindurch. Der Transformator stand am Rand einer mit Balken umzäunten Weide. Zwei kleine Pferde musterten mich ohne großes Interesse und senkten ihre Köpfe wieder ins Gras. Es reichte ihnen bis zu den Knien.

Am Rand der Umzäunung stand eine Scheune, und als ich an ihr vorbeiging, bot sich mir der Blick in ein breites Tal. Lord, du bist hier geboren. Du kennst nichts anderes als diese Ecke des Böhmerwalds. Ich kam aus einer Windrichtung, von der du keine Ahnung hast. Ich kannte das Hochmoor mit dem Funkeln der Leuchtkäfer nicht, nicht die gefletschten Zähne des Stiefvaterfelsens, nicht Dudas Steinbruch, der in den Berg gedrückt ist wie der Nabel in einen dicken Bierbauch. Ich entdeckte diese Landschaft zufällig – ich sprang von einer Bahnschwelle zur nächsten, und sie tauchte vor mir auf. Ruhig lag sie hier und interessierte sich einen Dreck dafür, daß sie haargenau meinem, auf dem Monitor geschaffenen Land ähnelte.

Ich stand lange dort. Es zog mich nirgendwohin weiter. Ich pfiff nicht mehr. Die Luft flirrte in der Mittagshitze, und mir war ganz schwindelig. Ich drehte den Kopf weg, um dem stechenden Licht auszuweichen, und erst jetzt sah ich das Haus. Eigentlich eine alte Bahnstation. Über dem Eingang hing eine alte Bahnhofsuhr, ein Stück weiter eine Anzeige an der Littfaßsäule. Auf den Gleisen stand eine Draisine, auf dem Bahnsteig trocknete die Wäsche. Offensichtlich war ich bei den Panenkas.

Durch die offene Tür waren Gelächter und Stimmen zu hören. Ich bückte mich, kroch unter der Wäscheleine durch und klopfte.

»Guten Tag!« rief ich. Niemand meldete sich. Ich stieß die Tür auf und trat ein.

»Ist jemand da?« fragte ich möglichst laut. Es antwortete mir ein Applaus. Ich schaute mich um. Ich befand mich in einem ehemaligen Wartesaal. Die Trennwände zur Kasse und zum Büro waren abgerissen, der Raum schien größer als eine Turnhalle. Unsere Turnhalle im Internat war so dunkel, daß wir den ganzen Tag Beleuchtung brauchten, hier jedoch gab es eine Menge Fenster.

In der Ecke stand ein eingeschalteter Fernseher. Gerade ging ein Unterhaltungsprogramm zu Ende; über den leiser werdenden Applaus kam der Abspann. Vor der Mattscheibe saß niemand. Es gab hier ein Sofa mit einer zerknitterten Decke, ein paar Sessel, einen riesigen Eisenofen, ein Bügelbrett mit einem Haufen von Puppenkleidern. Es gab hier mindestens fünf Stehlampen mit gehäkelten Schirmen, einen großen geblümten Teppich und auf ihm in großem Durcheinander Schrauben und Nägel. Es gab hier einen Spiegel in einem geschnitzten Holzrahmen, eine Palme, zwischen deren Blättern bunte Maschen hingen, eine Spüle voller Geschirr, einen Küchenschrank, ein Bild mit Sonnenblumen und an der gegenüberliegenden Wand ein anderes, das wie ein rosa Kohlkopf aussah. Es gab hier eine Bank, einen Tisch und auf dem Tisch ein Blech mit Erdbeerkuchen.

Als mein Blick soweit gekommen war, spürte ich einen schmerzhaften Druck im Magen – einen Druck der Leere.

»Ist hier jemand?« wiederholte ich, nicht mehr ganz so

laut wie vorhin und näherte mich Schritt für Schritt dem Tisch. Es antwortete mir keiner. Ein Jingle kündigte eine weitere Fernsehsendung an. Am Rand des Backblechs setzte sich eine Fliege nieder. Ich verjagte sie. Der Kuchen roch fast unerträglich gut. Ich griff nach einem bereitliegenden Messer und eilig, um von niemandem ertappt zu werden, schnitt ich mir ein Stück ab.

»Libor war schon immer etwas eigenartig«, ertönte es in diesem Moment hinter mir. Ich drehte mich rasch um. Im Fernsehen war Tante Jolana. Sie hatte eine neue Rüschenbluse an und saß einer bebrillten Frau gegenüber.

»Als wenn er immer auf etwas gewartet hätte«, erzählte sie.

»Glauben Sie, er hatte Grund zur Unzufriedenheit?« fragte die Bebrillte. Sie sah pädagogisch aus. Hinter ihr leuchtete bläulich der Sendungstitel : *Komm doch zurück!*

»Es fehlte ihm nichts«, sagte Tante Jolana überzeugt. »Wir haben uns um ihn gekümmert, als wäre es unser eigenes Kind. Er bekam, was er sich nur wünschte, und noch viel mehr. Er konnte sich garantiert nicht beschweren.«

Ich biß in das Kuchenstück und näherte mich dem Fernseher.

»Können Sie uns erklären, was denn gestern eigentlich passiert ist?« fragte die pädagogische Brille. »Die Zuschauer würden bestimmt gerne wissen, wie Sie von der Flucht erfahren haben, und was ihr vorausging.«

Ich hörte auf zu kauen. Von der Flucht? Von welcher Flucht?

»Am Samstag haben wir seinen zwölften Geburtstag gefeiert«, sagte Tante Jolana, den Blick auf meinen zerrissenen

Pullover geheftet. »Es war ein prächtiges Fest! Libor hatte viele Freunde eingeladen! Den ganzen Nachmittag haben sie gespielt! Er bekam wunderschöne Geschenke! Einige von ihnen packte er nicht einmal aus, wie ich später bemerkte. Den Sonntag verbrachten wir im Kreis der Familie. Wir aßen in einem Restaurant zu Mittag, Libor bestellte sein Lieblingseis. Er hat nicht viel gesprochen, aber das war auch nichts Besonderes bei ihm. Zwei Stunden später flüchtete er. An der Tankstelle, auf dem Weg zum Internat, behauptete er, er müsse auf die Toilette. Er stieg aus dem Wagen und kam nicht mehr zurück.«

»Was ist, wenn er nicht geflüchtet ist? Was ist, wenn ihm etwas passiert sein sollte?« widersprach die Brillige. Tante Jolana seufzte. Ihr Blick streifte meine schmutzigen Füße.

»Wir haben uns mit seinen Schulfreunden unterhalten«, sagte sie. »Wir durchsuchten sein Zimmer. Es scheint so, als habe er in letzter Zeit viele Sachen verkauft. Wahrscheinlich plante er seine Flucht bereits und wollte sich Geld beschaffen.«

»Nahm er etwas von Zuhause mit?« fragte die Brillenschlange. Tante Jolana preßte die Lippen fest zusammen. Ihr Gesicht bekam den spitzen, beleidigten Ausdruck, den ich so gut kannte.

»Ich vermisse ein Armband«, sagte sie kurz. »Es war sehr wertvoll. Eine Antiquität. Ich will nicht behaupten, daß... aber es ist weg.«

Ich traute meinen Ohren nicht. Ich verstand überhaupt nicht, worum es ging. Ich – abgehauen?! Ich – das Armband geklaut?! Nie im Leben hätte ich das Zimmer der Tante ohne Erlaubnis betreten! Ich interessierte mich nicht dafür, was für Schmuck und wieviel sie hatte! Daß ich im Internat ab und zu etwas von meinen Sachen verkaufte, stimmte schon. Ich brauchte sie nicht. Ich hatte zuviel davon. Und Onkel gab mir nicht viel Taschengeld. Manchmal erhöhte ich es mir durch den Verkauf eines Games oder einer CD. Ich hatte keine Lust ihn um Geld zu bitten.

»Die Polizeifahndung wurde bereits ausgelöst«, fuhr die pädagogische Brille inzwischen fort. »Möglicherweise befindet sich Libor Jesin in der Tschechischen Republik, vielleicht ist er jedoch über die Grenzen gegangen und wird versuchen sich – wie Dutzende andere vermißte Kinder – in einer Großstadt zu verstecken. Wenn es auch noch so unglaublich klingen mag, das ist die heutige Realität. Jugendliche verlassen immer häufiger heimlich ihr Elternhaus, und der Prozentsatz der aufgeklärten Fälle ist ziemlich gering. Der Grund für Libors Flucht ist niemandem aus seiner unmittelbaren Umgebung klar. Handelt es sich bei ihm um einen pubertären Rebellen? Um eine Demonstration des eigenen Willens? Um das uns bekannte Kräftemessen zwischen Kind und Eltern? Oder hat er eine ernstere Straftat begangen, vor deren Folgen er lieber geflüchtet ist? Es ist nicht ausgeschlossen, daß er unsere Sendung jetzt mitverfolgt. Möchten Sie ihm irgend etwas mitteilen?«

Sie wandte sich erneut zu Tante Jolana. Tante sah den Erdbeerkuchen in meiner Hand an.

»Du bist zwölf, Libor!« ermahnte sie mich. »Was auch immer geschehen ist, lauf nicht davor weg! Komm zurück! Es gibt nur wenige Sachen, die man nicht verzeihen kann. Alles wird wieder wie früher sein.«

Sie sprach streng, aufdringlich. Ihr Tonfall und Blick verrieten mir, was sie dachte: Sie war davon überzeugt, daß ich ihre dämliche Antiquität geklaut hatte. Vielleicht auch noch andere Sachen. Und sie hatte nichts Eiligeres zu tun als sofort zum Fernsehen zu laufen. Da hatte Onkel sicher seine Beziehungen spielen lassen.

Nicht einmal für eine Sekunde war ihnen eingefallen, daß meine Flucht keine Flucht gewesen sein mußte. Der Lange und der Kurze hatten es womöglich nicht geschafft, ihr Lösegeld zu fordern, und Herr Madera hielt meinen Klobesuch für einen Trick, für den Bestandteil eines ausgearbeiteten Plans...

Bums! Etwas Schweres knallte auf meinen Kopf. Meine Knie knickten ein, und der Kuchen flog mir aus der Hand. Ich spürte, wie ich in Ohnmacht fiel. Kurz bevor mir schwarz vor Augen wurde, schwang ein roter Rock an mir vorbei. Dann verschwand alles.

*

»Wage es nicht, dich zu rühren!« lispelte es ein Stück von mir entfernt. »Sonst kriegst du noch eins über die Rübe!«

Allmählich kam ich zu mir. Mein Kopf drohte vor Schmerz zu zerspringen, über dem linken Ohr registrierte ich ein stechendes Zucken. Ich öffnete die Augen. Über mir schwebten zwei Kindergesichter.

»Er guckt!« stieß der Junge hervor. Auf den Wangen hatte er solche Massen von Sommersprossen, daß er wie in Zimt gewälzt aussah.

»Er glotzt«, verbesserte ihn das Mädchen mit den Spangendrähten auf den Vorderzähnen. »Er glotzt wie ein Elch!«

Nach dem zu urteilen, wie lispelnd sie sprach, erkannte

ich, daß die vorausgegangene Rübendrohung wohl von ihr stammte.

»Was hast du hier gesucht?« fragte der Junge. Er wirkte nicht feindselig; in seinen Augen lag eher Neugier.

»Kohle!« sagte das Zahnspangenmädchen. »Er wollte uns beklauen und töten! Ruf die Bullen, damit sie ihn einlochen!«

Der Junge musterte mich schweigend.

»Ich wollte euch nichts klauen«, sagte ich. Meine Stimme klang dünn, fast unhörbar.

»Und was soll das da bedeuten?« Das Mädchen hielt mir das Stück Erdbeerkuchen vor die Augen. Er war angebissen und zerquetscht.

»Das war nur...« Ich wollte erklären, wie ich geklopft und gerufen hatte, wie keiner geantwortet hatte, wie der Kuchen unwiderstehlich geduftet, und mein Magen geknurrt hatte, aber die Stimme versagte erneut. Auf einmal fühlte ich mich schrecklich schwach und müde. Ich lag auf dem weichen Teppichboden und hatte keine Lust aufzustehen. Keine Lust zu irgend etwas. Ich schloß die Augen.

»Denke nicht, daß du pennen kannst!« sagte das Mädchen und hob mit ihrem Finger mein rechtes Augenlid. »Wer bist du? Wie bist du hierher gekommen? Rede!«

»Du hast ihn ein bißchen zu fest geschlagen, Jitka«, bemerkte der Junge vorwurfsvoll. »Er sieht so aus, als wolle er wieder in Ohnmacht fallen.«

»Du hättest ihn ja selber schlagen können«, schnauzte ihn Jitka an. Aber in ihrer Stimme lag nicht mehr so viel Angriffslust wie vorher. Sie hob auch mein anderes Augenlid und beobachtete mich fragend.

»Filip, ist das nicht der Junge?« sagte sie auf einmal. »Du weißt doch, der, über den wir vor einiger Zeit im Böhmerwaldblatt gelesen haben!«

Sie beugten sich zu mir runter, so weit runter, daß ich sie verschwommen sah.

»Das ist er«, sagte Filip nach einer Weile unsicher. Jitka strich sich mit der Zunge über die Zahnspange und ließ meine Augenlider runterfallen. Schnell öffnete ich sie wieder. Es interessierte mich, was weiter geschehen würde. Filip erhob sich, brachte vom Ofen eine Kiste mit alten Zeitungen und begann, darin rumzuwühlen. Endlich fand er, was er gesucht hatte. Er zeigte mir das Foto eines Jungen in einer Badehose. Er war dünn wie ich, kraushaarig wie ich und ähnelte mir ein wenig.

»Bist du doch, oder?« fragte Jitka. Ich schüttelte den Kopf.

»Aber doch! Wir haben dich erkannt!« Sie bestand auf ihrer Meinung. Noch einmal schaute sie sich das Bild von nahem an und begann vorzulesen: »Beim Transport von Kindern aus dem Kinderheim in Budweis ins Erholungsheim in Sedlitz gelang es dem elfjährigen Gusta P. am vergangenen Freitag, unbemerkt aus dem Bus zu steigen. Nach Aussagen der Freunde und Erzieher war Gusta P. nach einer schweren Gelbsucht stark depressiv und erwähnte ein paarmal seine Absicht, Selbstmord zu begehen. Der Ausreißer wird gesucht.«

Filips und Jitkas Augen ruhten mit unerwarteter Sympathie auf mir .»Du hast es nicht mehr ausgehalten, was, Gusta?« fragte Filip teilnahmsvoll.

»Ich bin nicht Gusta«, sagte ich.

»Sei doch still, wir werden es niemandem verraten!«

schwor Jitka. »Wir wissen doch, was eine Kinderfalle ist, Gusta!«

»Ich bin nicht Gusta«, sagte ich.

»Warum sind Leute nach Gelbsucht depressiv?« fragte Filip.

»Weiß nicht«, sagte ich. »Ich hatte nie Gelbsucht.«

»Oh, doch!« sagte Jitka. »Hier steht, daß der elfjährige Gusta...«

»Ich bin zwölf«, sagte ich. »Und Gusta heiße ich auch nicht.«

»Wie du willst, Gusta«, sagte Filip, und seine Stimme klang fast feierlich. »Wir werden dich nicht weiter ausfragen. Wir können schweigen wie die Lämmer. Wir verstecken dich in der Scheune, dort findet dich keiner.«

»Und wir werden dir heimlich Essen bringen!« fügte Jitka begeistert hinzu.

»Nur eins mußt du uns versprechen, Gusta, nur eins. Scheiß auf den Selbstmord!« stieß Filip hervor.

»Bin nicht Gusta«, sagte ich.

»Drauf geschissen, Gusta?« fragte Jitka, und beide sahen mich ernst an.

»Drauf geschissen«, antwortete ich. Was blieb mir übrig? Man konnte mit ihnen nicht vernünftig reden! Du kennst doch Jitka und Filip – wenn die sich was in den Kopf setzen, dann kann sie nichts davon abbringen! Ich sagte mir, alles braucht seine Zeit. Auch die Rückkehr zum eigenen Namen. Gusta oder Libor, ein Flüchtling war ich auf jeden Fall. Und Flüchtlinge, ob aus eigenem oder fremdem Willen, haben keine große Wahl, Lord!

Allein

Die Scheune war groß, einstöckig und fast leer. Unten gab es zwei Pferdeboxen und unter dem Dach, wohin man mit der Leiter kam, lag ein Häufchen Heu vom letzten Jahr. Dort saß ich und beobachtete durch das kleine Fenster im Giebel, was draußen geschah. Es war, wie im Kino in der letzten Reihe zu sitzen und einen Film mit schlechter Tonqualität mitzuverfolgen.

Zuerst erschien auf meiner Kinoleinwand ein alter, angeschlagener Fiat. Er näherte sich langsam auf dem schmalen Weg jenseits der Schienen, überrollte sie und bog zum Haus ab. Vor der Tür, über der immer noch das Schild ZUM SCHALTER hing, hielt er. Auf der einen Seite stieg ein Mann aus, auf der anderen eine Frau, schließlich erschien ein Kind. Der Mann war schmal, die Frau breit, das Kind hatte einen Zopf. Der Mann öffnete den Kofferraum. Dabei sagte er etwas, was der Zuhörer in der letzten Reihe nicht verstehen konnte. Die Frau lachte. Trotz die schlechte Tonqualität klang es wie die Trompete von Louis Armstrong. Aus dem Haus liefen der zimtsprossige Junge und das Mädchen mit der Zahnspange. Weder die Zimtsprossen noch die Zahnspange konnte man auf die Entfernung erkennen, aber der Zuschauer hinten im Kinosaal wußte davon. Die beiden Erwachsenen und alle drei Kinder began-

58

nen, aus dem Wagen Einkaufstaschen herauszuholen und ins Haus zu schleppen. Sie mußten dabei einigen Katzen ausweichen, die ihnen ständig vor die Füße liefen. Schließlich holte der Mann eine große Thermoskanne aus dem Auto. Sie löste begeistertes Kindergeschrei aus und wurde sofort ins Haus getragen. Die Eingangstür schloß sich. Die Vorstellung war zu Ende.

Ich legte mich auf den Rücken und ließ den Blick über die Dachbalken wandern. Die Scheune war heiß, still und voller Spinnweben. Trockene Grashalme stachen mich durch den Pullover in den Rücken. Die Gedanken wirbelten wie Staub in meinem Kopf herum, und ich mochte mich auch noch so bemühen, sie ließen sich nicht auf einen Haufen fegen.

Vor allem Tante Jolana. Ihr Auftritt im Fernsehen hatte mich geschafft. Auch vorher hatte ich nicht damit gerechnet, daß meine Entführung sie an den Rand der Verzweiflung bringen würde, aber ein bißchen Angst um meine Person hätte ich schon erwartet.

Andererseits: Woher sollte sie wissen, daß ich entführt worden war, wenn der Kurze und der Lange sie davon nicht informiert hatten? Und wieso hatten sie das eigentlich nicht getan? Hatten sie es nicht geschafft? Wollten sie die Tante und den Onkel ein paar Tage im Ungewissen lassen und erst dann, in der Hoffnung auf ein dickeres Lösegeld, von sich hören lassen? Und was war mit Onkel Michael? Warum war er nicht mit ins Fernsehen gekommen? War er beleidigt? Dachte er auch, daß ich ein Dieb sein könnte? War er böse auf mich? Würden sie mir überhaupt glauben, wenn ich zurückkäme? Wie konnte ich beweisen, daß ich nichts gestohlen hatte? Daß ich nicht geflüchtet war?

Ich fühlte mich mies. Je länger ich nachdachte, desto aussichtsloser schien mir meine Situation. Außerdem flimmerte es mir vor den Augen. Jedesmal wenn ich den Kopf aus dem Heu hob, verschwamm alles. Die angeschlagene Schulter hörte nicht auf zu schmerzen, die Wunde über dem Ohr verkrustete zwar schon, aber es zuckte immer noch wild darin.

Alles in allem, befand ich mich in einem ziemlich elenden Zustand. Auch verlassen fühle ich mich.

Es gibt nur wenige Sachen, die man nicht verzeihen kann, sagte Tante Jolana im Fernsehen. Ich wußte nicht, was sie damit meinte, aber ich mußte mir ihren Satz immer wiederholen. Er fuhr mir unter die Haut wie ein Splitter. Es gibt nur wenige Sachen... Vielleicht wäre es genauer: Nur eine Sache läßt sich nicht verzeihen. Weißt du, welche, Lord? Weißt du es? Wenn dir klar wird, daß sie dich nicht mögen. So etwas verzeiht man nicht. Aber ändern kannst du es auch nicht.

*

Später am Nachmittag kamen Jitka und Filip. Sie brachten mir Brot mit einem kalten Schnitzel, Kuchen, Obstsaft und zwei Decken.

»Wir wollten dir Eis bringen, aber es war geschmolzen. Blanka hat die Thermoskanne nicht richtig verschlossen«, sagte Jitka. Sie lispelte nicht mehr; die Zahnspange war wohl eine Vormittagsangelegenheit.

»Wer ist Blanka?« fragte ich.

»Etwas Ähnliches wie unsere Mutter«, antwortete Filip.

»Entweder hat man eine Mutter oder man hat sie nicht.

Etwas Ähnliches wie Mutter existiert nicht«, sagte ich. Damit kannte ich mich aus.

»Darfst du Schnitzel essen, wenn du gerade Gelbsucht hattest?« fragte Jitka.

»Ich hatte keine Gelbsucht«, sagte ich. »Wie ist das also mit der Mutter?«

»In Wirklichkeit haben wir keine Mutter«, erklärte mir Filip. »Oder zumindest wissen wir von keiner. Blanka und Erik haben uns aus dem Kinderheim geholt. Mich vor einem und Jitka vor zwei Jahren. Seit damals gehören wir zu ihnen.«

Ich biß mich im Schnitzel fest. Es war innen saftig und außen knusprig. Ob Mutter oder nicht, mit Schnitzeln kannte sich Blanka auf jeden Fall aus.

»Was ist mit dem Zopfmädchen?« Ich erinnerte mich an das Wesen, das ich aus dem Auto hatte steigen sehen. »Auch adoptiert?«

Filip schüttelte den Kopf. »Marcela ist ihre eigene. Nur daß sie krank geboren ist. Die Ärzte haben es Blanka verboten, weitere Kinder zu haben. So holt sie sich welche aus dem Kinderheim.«

»Wozu braucht sie so viele?« lachte ich.

»Für wen sollte sie sonst stricken?« fragte Jitka. Mein Lachen überraschte sie sichtlich. »Und häkeln? Und kochen?«

»Mit wem würde sie rätseln?« fügte Filip hinzu. »Und Murmeln spielen?«

Ich lachte erneut. Sie kamen mir verrückt vor. Alle beide. Und ihre Blanka noch viel mehr. »Sie rätselt mit euch?« fragte ich spöttisch. »Sie spielt Murmeln? Was ist sie für eine? Eine Zurückgebliebene? Ist sie blöde?«

Filip ließ mich nicht zu Ende reden. Er fiel über mich her und schmiß mich mit dem Rücken ins Heu. In der kaputten Schulter stach es. Ich brüllte vor Schmerz.

»Nimm das zurück!« zischte er in mein Gesicht. Er sah jünger aus als ich, hatte aber mehr Kraft. Seine Knie und Arme umschlangen mich, so daß ich mich nicht rühren konnte. »Nimm alles zurück, was du gesagt hast!«

»Was habe ich denn gesagt?« hustete ich. Er war genau in dem Augenblick über mich hergefallen, als ich den Mund voller Obstsaft gehabt hatte – anstatt in die Speiseröhre hatte er sich in die Bronchien verirrt und reizte mich zum Husten.

»Tu nicht so, als wenn du's nicht wüßtest!«

»Ich habe gesagt, daß sie blö...«

Er bohrte sein Knie in meinen Bauch. Seine Augen blitzten vor Wut.

»Wage es nicht, das zu wiederholen!« wisperte er. Die Zimtsommersprossen verfärbten sich dunkelbraun. »Nimm's nur zurück!«

»Ich nehme es zurück«, sagte ich. Du kennst mich, Lord, ich raufe nicht gerne. Außerdem kam es mir plötzlich so vor, als wäre er im Recht. Ich redete schlecht über seine Mutter. Das tut man nicht. Sei die Mutter echt oder nicht. Filip ließ mich los.

»Entschuldige«, sagte er. Er verkroch sich in der gegenüberliegenden Ecke und schaute mich mit finsterer Miene an. »Ich kann es nicht ab, wenn sich jemand über Blanka lustig macht! Oder über Erik!«

»War nicht so gemeint«, murmelte ich heiser. Der Hustenreiz ließ langsam nach.

»Sie sind wirklich O.K.« fuhr Filip fort. »Alle beide.«

»Bessere konnten wir nicht kriegen«, versicherte mir Jitka. »Was ist mit der Schulter?«

Sie hatte bemerkt, wie ich mich beim Aufstehen krümmte.

»Ich habe sie mir angeschlagen.«

»Zeig mal!« Sie rollte meinen Pullover hoch und fuhr mir mit den Fingerspitzen über die Schulter. Respektvoll pfiff sie zwischen den Zähnen. »Du hast hier 'ne saudicke Beule!«

Filip kroch aus der Ecke, um sie auch zu sehen.

»Genau so eine habe ich mir letztes Jahr beim Fußball geholt. Drei Wochen lang mußte ich dann mit einer Bandage rumlaufen«, sagte er.

»Soll ich's dir verbinden, Gusta? Ich hole von drüben ein Tuch«, bot mir Jitka an. Ich zog meinen Pullover wieder zurecht.

»Das wird schon wieder«, sagte ich. Wie es unser Sportlehrer zu sagen pflegte. Gegen den Namen Gusta wehrte ich mich nicht mehr. Es hatte keinen Sinn.

»Wohin wolltest du eigentlich?« fragte Filip auf einmal. Er blickte mich aufmerksam an. Ich schüttelte abweisend den Kopf.

»Die meisten Leute, die aus der Kinderfalle abhauen, kennen irgendwelche Adressen – irgendeinen, zu dem sie wenigstens für ein paar Tage gehen können.« Er ließ sich nicht abweisen. »Zu wem wolltest du?«

»Meine Sache«, antwortete ich barsch. Du solltest es wissen, Lord, es hat mir noch nie Spaß gemacht, Leute an der Nase herumzuführen. Ich kann es auch nicht besonders gut.

Aber die Wahrheit konnte ich ihnen nicht sagen. Sie war zu kompliziert – sogar für mich.

»Du kannst hier so lange bleiben, wie du willst«, sagte Filip. »Erik kommt kaum in die Scheune. Erst wenn das Heu eingefahren wird. Und bis dahin finden wir schon etwas.«

»Zum Beispiel den Trafo«, fiel Jitka ein. »Das wäre ein Mordsappartment!«

»Ich bleibe nicht lange bei euch«, sagte ich. »Ich habe eine Adresse.«

Sie schauten mich und dann sich an. Sie schwiegen, aber ich merkte, daß sie mir nicht glaubten. Es war witzig: Sie hatten sich in den Kopf gesetzt, daß ich Gusta war, elf Jahre alt, selbstmordgefährdet und ohne Hoffnung. Wenn sie nicht so maßlos ernst gehandelt hätten, und meine eigene Lage ein wenig aussichtsreicher gewesen wäre, hätte ich lachen müssen. So blieb mir nichts anderes übrig, als mich bei ihnen zu bedanken. Fürs Essen, für die Decken, für die Zuflucht.

»Filip! Jitka!« ertönte es vom Haus. Ich schaute zum Fenster hinaus. Das Zopfmädchen stand auf dem Weg und sah in beide Richtungen.

»Wir müssen gehen«, sagte Filip. »Wir haben Marcela versprochen, mit ihr Brennesseln zu pflücken.«

»Morgen früh kommen wir wieder«, versicherte mir Jitka.

»Müßt ihr nicht zur Schule?«

»Wir sind Bazillenträger«, verkündete sie stolz. »Schon acht Kinder haben dank uns Scharlach gekriegt.«

»Sie lassen uns nicht in die Schule, auch wenn wir betteln würden!« grinste Filip und fing an, die Leiter hinunterzuklettern.

Nach einer Weile sah ich sie von der Scheune Richtung Haus laufen. Filip voraus, Jitkas roter Rock dicht dahinter. Das bezopfte Wesen lief ihnen ein paar Meter entgegen.

Es sagte etwas, aber die Tonqualität war immer noch miserabel.

*

Mit der Dämmerung kamen die Pferde. Ich kletterte runter und setzte mich neben ihre Box. Nicht daß ich ein Pferdenarr war wie Jonas oder andere Jungen im Internat, aber ich fühlte mich einsam. Ich wollte einfach Gesellschaft haben.

Sie kamen mich beschnuppern. Eins von ihnen steckte sein Maul in meine Hand und sabberte sie voll. Es suchte Zucker oder eine Karotte, aber ich hatte nichts dabei. Das Pferd bemerkte es rasch und kehrte zu seinem Kollegen in die gegenüberliegende Ecke zurück, wo eine große Blechwanne voller Wasser stand. Sie tranken schlürfend. Ich stand auf und ging hinaus.

Über der Weide hielt sich noch Licht, aber der Wald wurde inzwischen ganz schwarz. Aus ihm drangen Kälte und undefinierbare Geräusche. Auch im Gras um mich herum raschelte es. Ich wiederholte mir, ich hätte keine Angst, es sei da nichts zu befürchten, ich sei verrückt, wenn ich mich fürchtete. Aber ich machte eine Runde um die Scheune, um mich zu vergewissern, daß sich dahinter nichts verbarg. Auf der anderen Seite, die dem Haus zugekehrt war, blieb ich stehen. Die Panenkas saßen draußen. Ich hörte Stimmen und manchmal ein Lachen, aber auf die Entfernung konnte ich nicht sehen, was sie taten. Ich begann mich ihnen langsam zu nähern. Ich wollte nicht spionieren, mich interessierte nur, womit sie sich beschäftigten und warum sie so viel lachten. Es war schon fast dunkel, und am Rand der Weide wuchs ein hohes Dickicht, so daß sie mich nicht erblicken konnten. Einen Hund, der mich ausschnüffeln würde, hatten sie damals nicht. Kent, ihr alter Schäferhund, war gestorben, und du, Lord, solltest erst noch geboren werden.

Es fiel Tau. Er kühlte meine nackten Füße und liebkoste die vom Lauf auf den Holzschwellen zerplatzte Haut. Am Rande des Weges machte ich halt – weiter wagte ich mich nicht.

»Es hat Ohren, aber es hört nichts, es hat keinen Schornstein, aber es qualmt«, sagte Filip gerade. »Ratet mal, was das ist!«

Ich steckte den Kopf aus dem Gestrüpp, hinter dem ich mich verbarg. Auf der anderen Straßenseite, keine zehn Meter von mir, saß die ganze Familie um den Tisch. Filip und Jitka und die bezopfte Marcela und Erik und Blanka. Mitten auf dem Tisch stand eine Öllampe, und um sie herum schwirrte eine Schar kleiner Mücken.

»Ein Topf mit kochendem Wasser«, platzte Jitka schnell heraus, damit ihr niemand zuvor kam.

»Ein Topf hat keine Ohren, sondern Griffe«, wendete Erik ein. Ich konnte ihm nicht genau ins Gesicht blicken, er saß seitlich von mir. Nur den Umriß seiner langen Nase sah ich.

»Jetzt weiß ich's!« schrie Blanka plötzlich. Sie saß mit dem Gesicht zu mir, in ihren Händen tanzten Stricknadeln, das Licht der Öllampe verlieh ihrem runden Gesicht das Aussehen des Vollmondes. »Das kann nur Herr Podestat sein! Ist er's, Filip?«

Filip haute mit der Faust auf den Tisch. »Wie bist du darauf gekommen?« schrie er empört.

»Er hat Ohren, aber er hört nicht. und das ganze lange Jahr über nimmt er die Pfeife nicht aus dem Mund. Ich glaube, er geht damit sogar ins Bett«, lachte Blanka, und die für einen Moment ruhenden Stricknadeln setzten sich wieder in Bewegegung.

»Mit Blanka kann man nicht spielen«, Erik schüttelte resigniert den Kopf. »Es gibt kein Rätsel, auf das sie nicht die Antwort kennt.«

»Ich werde es irgendwann einmal erfinden!« behauptete Filip. »Ihr werdet sehen! Keiner wird es herausfinden! Nicht einmal Blanka!«

»Ich helfe dir«, sagte Marcela. »Ich habe ein paar ganz tolle Ideen!« Sie lehnte sich über den Tisch, bis die Öllampe fast ihre Zöpfe anschmorte, und begann, Filip etwas zuzuflüstern.

»Was machen die Bazillen?« fragte Erik inzwischen Jitka.

»Es geht ihnen gut. Es tut ihnen nur leid, daß sie nicht zur Schule dürfen.«

»Das kann ich mir super vorstellen,« sagte Blanka. »Und wie es ihnen schmeckt! Waren es Filips oder deine Bazillen, die sich auf den Rest vom Kuchen und den Schnitzeln gestürzt haben?«

»Mei... ne«, stotterte Jitka unsicher. Auch auf die Entfernung konnte ich sehen, daß sie sich nervös an ihren Haaren zupfte.

»Meine auch«, half ihr Filip aus dem Schlamassel. »Unsere Bazillen verschlingen gemeinsam einen Megahaufen Essen! Zum Frühstück schaffen sie bestimmt drei Eier!«

67

»Und sechs Toasts!« fügte Jitka hinzu.

Mein Fuß begann lahm zu werden. Ich verlagerte das Gewicht auf den anderen Fuß und stieß dabei an Äste des Strauches, hinter dem ich mich duckte. Erik drehte sich blitzschnell um.

»Ist dort jemand?« rief er. Ich zog den Kopf zwischen die Schultern und verwandelte mich in eine Statue.

»Habt ihr das gehört?« Eriks Stimme klang wachsam.

»Ich habe nichts gehört«, sagte Blanka.

»Ich auch nicht«, beeilte sich Jitka mit der Antwort.

»Vielleicht ein Igel«, bot Filip eine annehmbare Erklärung. Eine Zeitlang waren alle still und lauschten. Ich ahnte, daß sie mit den Blicken in der Dunkelheit suchten, und hütete mich, den Kopf auch nur für einen Millimeter zu heben. Endlich begannen sie wieder zu sprechen. Die Spannung löste sich.

»Wir müssen uns einen neuen Hund anschaffen«, sagte Erik.

»Die Lola von Kolars bekommt Junge«, stieß Marcela hervor.

»Ich habe sie gesehen«, bestägtigte Jitka. »Sie hat einen Bauch wie eine Trommel!«

Ich hob vorsichtig den Kopf. Die Gruppe am Tisch saß genau wie vorhin, keiner schaute in meine Richtung. Ganz langsam hob ich den Fuß und machte einen Schritt rückwärts. Dann den zweiten. Dann drehte ich mich um und ging zurück zur Scheune. Das Gespräch hinter meinem Rücken wurde immer schwächer, bis es völlig verstummte. Mich fröstelte. Als ich mich von ihrem Tisch und der blubbernden Melodie ihrer Stimmen entfernte, je blasser das

Licht hinter mir und je dichter die Finsternis um mich wurde, desto stärker wurde das Gefühl des Elends und der Ab-
geschiedenheit. Als hätte mich der Lehrer während des Un-
terrichts vor die Tür gewiesen. Als wäre ich ein Verbannter ,
der die festgelegte Grenze nicht überschreiten darf. Als sollte ich für immer allein bleiben.

Gustlibor – Libogust

Draußen hustete ein Motor. Ich schaute aus dem Fenster. Auf die Weide schien Sonne, der Weg lag noch im Schatten. Der alte Fiat bog gerade ums Haus, überquerte die Bahnüberführung und fing an, ins Tal hinunterzufahren. Bald wurde er von einem Waldzipfel verdeckt.

Ich ließ mich ins Heu fallen und zog die Decke ans Kinn. Ich fühlte mich schwach und schlaff. Meine Beine, meine Schulter und mein Kopf schmerzten. Nachts hatte ich vor Kälte kaum geschlafen, und nun schlossen sich meine Augen.

Nicht weit entfernt schnaubte ein Pferd, und dann hörte ich die knackende Leiter. Ich hob meinen Kopf ein wenig.

»Schläfst du?« Jitkas Geflüster erreichte mich, noch bevor ich ihren Schopf sehen konnte.

»Nein«, antwortete ich, obwohl ich mir nicht ganz sicher war. Sie kletterten herauf und setzten sich zu mir ins Heu. Jitka hielt einen Korb, aus dem eine Thermoskanne herausschaute, Filip trug unterm Arm einen länglichen Koffer.

»Wir haben dir Toasts gebracht«, sagte er. »Und Eier. Und Kakao.«

»Und werden dir die Schulter verarzten«, fügte Jitka hinzu. Sie lispelte schon wieder. Der Ton ihrer Stimme verriet, daß sie das Arztspiel kaum noch erwarten konnte.

»Faß meine Schulter lieber nicht an«, bat ich sie.

»Warum?« Sie wurde sauer. »Wir hatten einen Erste-Hilfe-Kurs in der Schule! Ich kann schon künstliche Beatmung, Herzmassage, Wunden verbinden, ich könnte sogar eine Nabelschnur durchschneiden!« Sie nahm Filip den Koffer ab und öffnete ihn.

»Zuerst muß ich die Schulter einsalben«, teilte sie mir mit und angelte einen Plastikbecher aus dem Koffer. »Zieh dir den Pulli hoch!«

Ich kroch noch tiefer unter die Decke.

»Sei doch nicht verrückt«, redete mir Filip ein. »Jitka kann das. Sie will später einmal Tierärztin werden!«

Ich gab auf. Eigentlich war es mir gar nicht so unangenehm, daß sich jemand um mich sorgte. Ich zog meinen Pullover hoch und ließ mir eine Schicht dünnflüssiger, stinkender Salbe auf die Schulter patschen. Danach verbanden sie mir die Schulter mit vereinten Kräften. Es tat weh, aber ich ließ mir nichts anmerken, weil ich nicht als Feigling dastehen wollte.

Filip reichte mir einen Toast und goß mir Kakao in den Thermoskannendeckel ein.

»Du warst nicht zufällig gestern abend am Haus?« fragte er.

»Wo?« Ich spielte den Dummen.

»Wir haben draußen gesessen und gerätselt. Ich hatte das Gefühl, als ob uns jemand zuhören würde.«

»Erik hat auch etwas gehört«, erinnerte sich Jitka.

»Ich war es nicht«, verkündete ich entschieden. Ich wollte nicht, daß sie irgendeinen Blödsinn dachten. Zum Beispiel daß ich ihnen heimlich folgen würde. Oder daß mich ihre behämmerten Spiele interessierten.

»Weißt du, Gusta, was mir eingefallen ist?« sagte Filip plötzlich und schob sich näher an mich heran. »Was wäre, wenn du hier bleiben würdest? Ich meine für immer. Wenn du willst, kann ich Blanka fragen. Sie hat immer behauptet, sie will fünf Kinder, und jetzt hat sie erst drei. Wenn sie und Erik dich nehmen würden, wärst du sowas wie mein Bruder!«

»Meiner auch«, fügte Jitka schnell hinzu und strich mit ihrer Zunge aufgeregt über die Zahnspange. Auch in Filips Gesicht konnte ich Aufregung sehen.

»Ich habe eine Adresse«, sagte ich. Ursprünglich wollte ich es spöttisch ablassen. Verächtlich. Die beiden auslachen. Aber es gelang mir nicht. Da war nichts Lächerliches dran. Als ob ich mich über einen Wasserspiegel gebeugt hätte, erschien vor mir, verschwommen und trotzdem klar, mein eigenes Bild: Ich hockte in einer fremden Scheune auf einer fremden Decke, ich trank Kakao, den sie mir aus Mitleid brachten, und log mir selbst vor, alles wäre in Ordnung. Als würde es reichen anzurufen. Zu erklären. Zurückzukommen.

Das Spiegelbild war flüchtig und dabei so klar, daß ich in seiner Tiefe alles Wesentliche erkennen konnte, was zu meinem bisherigen Leben gehört hatte. Ich sah Tante Jolana, kühl und unberührbar, Onkel Michael mit Scheuklappen, die ihn daran hinderten, etwas anderes als Gewinne und Verluste zu sehen, ich sah sogar die alte Frau Ertl. Und auf einmal wurde mir klar, wenn ein Armband verschwunden war, dann hatte sie es genommen, so wie sie jahrelang Geld aus Onkels Taschen eingesteckt und es auf die Putzfrau geschoben hatte. Und immer waren ihr die Kleindiebstahle durchgegangen, weil sie schlau war und Theater spielen konnte.

Alles sah ich in diesem tiefen Wasser, Lord! Mein sicheres Leben, in seiner ganzen Not und Leere, dutzende Abschiede ohne Trauer, hundertfache Rückkehr ohne Freude, tausende Küsse ohne Geschmack – mein ganzes mieses Glück! Mir wurde so übel davon, daß ich die Augen schließen und die Lider fest zukneifen mußte. Aber auch das half nicht. Ich mußte irgendwohin laufen, irgendwas schreien, irgendwas tun. Ich richtete mich blitzartig auf.

»Was ist los?« Filip erschrak. In seiner Stimme lag Angst. »Hey, Gusta!«

»Ich bin nicht Gusta«, sagte ich und ging langsam zur Leiter. Es war mir wie noch nie zuvor. Meine Beine zitterten und meine Gedanken ebenfalls. Jeder Schritt kostete mich Tonnen von Anstrengung.

»Wohin geht er?« hörte ich Jitka hinter mir. »Schau mal, wie komisch er taumelt!«

»Hat er Fieber?« sagte Filip. »Gusta! Warte!«

Ich berührte die erste Sprosse der Leiter. Sie war weich wie Butter. Ich spürte, wie ich in ihr versank, wie ich das Gleichgewicht verlor, wie ich vornüber stürzte, wie ich fiel.

»Gusta! Gusta!« hörte ich von oben zwei durchdringende Schreie. Sie konnten mich nicht halten.

*

Warum bist du schon wieder hinterher, Lord? Bis zu Kolars bleibt uns noch ein gutes Stück Weg. Und wir haben versprochen, daß wir vor dem Einbruch der Dunkelheit mit der Milch zu Hause sind. Hörst du? Kriech aus der Pfütze raus und komm näher! Ich möchte dir gerne erzählen, woran ich mich aus meinem Aufenthalt im Krankenhaus erinnere.

Ich kann mich nicht erinnern, wer mich hinbrachte, und was sie dort mit mir machten, ich weiß nur, welches Bild an der Wand in meinem Zimmer hing. Mit klaren Pastellfarben war dort eine Schaukel in einem blühenden Garten gemalt.

Ich ging ins Bild hinein und wieder heraus, je nachdem ob meine Temperatur stieg oder fiel. Ich schaukelte stundenlang auf und ab, und um mich herum geschahen die merkwürdigsten Sachen.

Stell dir zum Beispiel vor, daß sich der Kurze oben auf den Ast setzte und begann, das Schaukelseil durchzuschneiden. Ich fing an zu schreien und mit unreifen Äpfeln nach ihm zu werfen, aber in dem Augenblick verwandelte er sich vor meinen Augen in die alte Frau Ertl. Sie schoß wie ein Blitz vom Baum runter, sprang zu mir auf die Schaukel und schwang so doll hin und her, daß wir bis zu den höchsten Ästen flogen. Dann verschwand sie auf einmal, und ich bemerkte, daß ich einen goldenen Armreif umhatte. Er war voller leuchtender Diamanten und so eng, daß ich ihn nicht abstreifen konnte. Ich versuchte es mit aller Kraft, weil ich nicht wollte, daß mich jemand damit erwischte, aber das Armband krallte sich in meinem Fleisch fest, und das Handgelenk schmerzte immer mehr.

»Seite zwei, Paragraph sieben berechtigt uns im Falle der Verweigerung der Herausgabe des Armbandes, dem Vertragspartner die ganze Hand abzuhacken«, sagte jemand hinter mir. Ich drehte mich erschrocken um. Es war Herr Holik. Er und Onkel Michael saßen auf einer steinernen

74

Mauer, beide baumelten zufrieden mit den Beinen und tranken Sekt.

»Ich beglückwünsche dich!« rief der Onkel angeheitert. »Ein phänomenaler Vertrag! Absolut phänomenal!«

Da trat ein Kellner an die Schaukel heran und reichte mir ein Tablett, zugedeckt mit einer großen silbernen Glocke. Ich hob die Glocke und ließ sie vor Schreck auf die Erde fallen. Vor mir auf dem Tablett lag inmitten von Kartoffelchips und Gemüsebeilagen Liang-ci. Er dampfte, sein seidiges Fell war mit Petersilie bestreut und anstelle seiner stolzen Kaisersaugen waren zwei Oliven gestopft. Ich schrie auf und schrie immer weiter, auch als der Kellner schon längst verschwunden war, und der Garten leer zu sein schien.

Dann aber begann sich direkt unter mir ein Häufchen zu bilden, als wenn sich ein Maulwurf den Weg ans Tageslicht suchen würde, und ich ahnte, daß schon wieder etwas Merkwürdiges vor sich ging. Erst tauchte ein Kopf auf, mit der pädagogischen Brille auf der Nase, und neben ihm ein zweiter – der gehörte Tante Jolana. Beide Köpfe bewegten die Lippen. Es bereitete mir viel Mühe herauszufinden, was sie redeten, weil sie beide gleichzeitig sprachen und sich gegenseitig überhaupt nicht zuhörten.

»Nach der Mißgeburt wird polizeilich gefahndet. Nach der Mißgeburt wird polizeilich gefahndet...« wiederholte die pädagogische Brille ständig.

»Es fehlte ihm nichts. Er hatte zwei Paar Winterschuhe, eins davon mit Fell, das andere von Camel, Tennisschuhe von Nike und Puma, fünf Hemden aus Flanell...« zählte die Tante auf, den Blick auf mein struppiges Haar geheftet, »...ein weißes aus Seide, Fußballstutzen...«

Das Häufchen wurde immer höher, und die Köpfe kamen näher. Ich stellte mich auf das Schaukelbrett und begann die Seile emporzuklettern. Es ging mühsam, und als ich endlich in der Baumkrone angelangt war, stellte ich fest, daß über mir der Blechdeckel von einer Senkgrube war, und daß ich ihn nicht aufstemmen konnte, so sehr ich mich auch anstrengte.

»Du Arschflasche! Du Würstchen! Du Pißsocke!« so schimpfte ich mit mir selbst und stieß mit dem Kopf gegen das Blech über mir.

Dann war ich nicht mehr im Pastellbild. Das Fieber sank. Ich lag im Krankenhausbett, gegenüber von mir ein Fenster, draußen vor dem Fenster ein sonniger Tag und neben mir eine Krankenschwester, die gerade zu jemandem sagte: »Treten Sie ein, er ist soeben aufgewacht!«

Ich wandte den Kopf zur Tür. Dort standen ein Mann und eine Frau. Der Mann hatte eine lange, schmale Nase, das Gesicht der Frau war rund wie ein Vollmond, und beide schauten mich an.

»Morgen, Gusta, ich bin Erik«, sagte der Mann. Die Frau schwieg. Sie beugte sich über das Bett und begann, mit ihren Fingern meine zusammengeklebten Haare durchzukämmen. Sie lugten unter dem Verband hervor, mit dem mein Kopf umwickelt war.

»Die Wunden am Kopf heilen gut«, sagte die Krankenschwester. »Mit der ausgerenkten Schulter und mit der Beinfraktur wird es noch ein bißchen dauern.«

»Was ist mit dem Fieber?« fragte Erik. »Warum sinkt es nicht?«

»Heute morgen haben wir einige Abstriche genommen,

76

und vor einer Weile die Ergebnisse bekommen. Der Arme hat sich zu alldem noch Scharlach eingefangen«, bemitleidete mich die Krankenschwester. »Der Arzt hat ihm verschrieben, daß...«

Was mir der Arzt nun genau verschrieben hatte, hörte ich nicht mehr. Das Pastellbild zog mich erneut in sich hinein, und ich lief durch das hohe Gras. Der Tau kühlte meine Füße, und als ich auf die Schaukel sprang, schwang sie von alleine los. Hin und her, hin und her, immer höher, bis ich über die Baumkronen auf eine kleine Wiese sehen konnte. Dort stand ein Tisch, drum herum saßen die Panenkas und lachten.

»Ich habe ein Rätsel erfunden, das keiner errät!« rief Filip.

»Hört mal zu: Es liegt in der Scheune und ist doch kein Heu, es stiehlt und ist doch kein Dieb, es ist auf der Flucht und doch auf dem Heimweg!«

»Das bin ich!« schrie ich. »Gusta! Das heißt, Libor! Das heißt...«

Aber die Schaukel zog mich wieder nach unten, und als ich das nächste Mal über die Baumkronen flog, sah ich nicht mehr den Tisch, nicht mehr die Panenkas, sondern dich, Lord. Du warst ein kleiner Welpe und jaultest vor Angst, weil du dich verirrt hattest. Lola, deine Mutter rief nach dir, aber du konntest sie wegen des hohen Grases nicht sehen. Ich hatte damals keine Ahnung, wer du warst und wo du herkamst, aber du tatst mir leid.

»Heul nicht!« rief ich. »Bin gleich bei dir!«

Meine eigene Stimme weckte mich. Schon wieder lag ich im Bett, und über mir leuchtete der Vollmond. Aber als ich die Augen richtig öffnete, verwandelte sich der Vollmond in ein rundes Gesicht, das lächelte und sagte: »Hallo, Gusta, ich bin Blanka!«

»Sehr erfreut«, antwortete ich, weil mir im Augenblick nichts Besseres einfiel. Blankas Lächeln ging in ein lautes Lachen über.

»Huhuhu!« wieherte sie, wie die Trompete von Louis Armstrong wiehern kann. »Huhu, was für ein nobles Benehmen du hast! ›Sehr erfreut!‹ Habt ihr das gehört?«

Sie drehte sich um, und erst in diesem Moment sah ich Filip und Jitka und die bezopfte Marcela. Sie standen hinter Blanka und starrten mich teils amüsiert, teils fragend an.

»Wie geht es?« fragte Filip.

»Gut«, sagte ich. Das stimmte. Nichts tat mir weh, ich hatte nur Durst. Ich leckte mir die trockenen Lippen, und Blanka steckte mir einen Strohhalm dazwischen.

»Das ist Johannisbeersaft«, sagte sie. »Je mehr du davon trinkst, desto früher wirst du gesund und desto früher lassen dich die Herren Doktoren nach Haus.«

»Die Polizei sucht nach mir«, sagte ich. »Aber ich habe nichts geklaut! Wirklich!«

Blanka sah mich an, und ich wußte sofort, daß sie mir glaubte. Nicht nur das; ihre Augen verrieten mir, daß sie sich in Gedanken mit anderen, wesentlich wichtigeren Sachen beschäftigte. Was sich im nachhinein auch bestätigen sollte.

»Mußt du nicht pinkeln?« fragte sie besorgt. Ich schüttelte den Kopf, aber das reichte ihr nicht. Sie wollte das Thema noch vertiefen. »Wenn du doch einmal mußt, klingle nach einer Pinkelflasche oder einer Kackschüssel.«

Jitka prustete hinter ihrem Rücken los.

»Das ist nicht zum Lachen!« ermahnte Blanka sie und versuchte, ein strenges Gesicht zu machen. Mit ihrem Vollmondgesicht sah das merkwürdig aus. »Wenn er nicht regelmäßig aufs Klo geht, platzt seine Blase. Oder etwas noch Schlimmeres!«

»Etwas noch Schlimmeres?« fragte Filip, der nur mit Anstrengung das Lachen zurückhielt.

»Mach dich nur lustig darüber«, nickte Blanka ernst . »Da kenne ich Fälle, wo ein ganz gesunder Mensch...«

»Von oben bis unten geplatzt ist«, fiel ihr Marcela ins Wort, worauf Jitka, Filip und sie selber in lautes Gelächter ausbrachen. Das rief die Krankenschwester herbei.

»Was ist hier los?« Sie rammte die Tür auf und schaute sich im Zimmer um.

»Seine Blase ist gerade am Platzen!« quietschte Jitka auf und mit der Hand vor dem Mund lief sie auf den Flur.

»Ich habe Ihnen gesagt, daß Kinder nicht zum Krankenbesuch dürfen!« Die Krankenschwester schaute Blanka mürrisch an. »Die Hausregeln verbieten es!«

»Ich habe sie reingeschmuggelt«, gab Blanka reumütig zu. »Ich dachte mir, daß ihre Witze und Einfälle Gusta aufmuntern würden.«

»Es fehlt ihm keine Aufmunterung«, unterbrach sie die Schwester. »Es fehlen ihm die Abwehrstoffe.«

In diesem Augenblick knurrte mein Magen laut. Alle schauten mich an.

»Geben Sie ihm genug zu essen?« fragte Blanka entsetzt und musterte mich. »Bist du hungrig?«

»Doch, bin ich«, sagte ich. Ich erinnerte mich überhaupt nicht, wann und was ich das letzte Mal gegessen hatte.

»Ich rufe den Arzt«, beendete die Schwester das Gespräch und huschte aus dem Zimmer. Blanka beugte sich zu mir hinunter und streichelte meine Wange. Sie hatte eine warme, ein bißchen rauhe Hand.

»Lange werden wir dich nicht hierlassen,« sagte sie. »Ich habe dir zu Hause schon ein Bett vorbereitet!«

Ich muß wohl sehr begriffsstutzig ausgesehen haben, weil sie plötzlich unsicher fragte: »Oder willst du lieber zurück ins Heim?«

»Du willst doch nicht etwa wieder zurück in die Falle, Gusta!« schrie Filip auf.

Ich bin nicht Gusta, wollte ich richtigstellen, wie ich schon hundertmal vorher richtiggestellt hatte. Aber im letzten Augenblick hielt mich etwas davon ab. Sooft ich darüber auch nachdachte, bis heute weiß ich nicht, was es war, Lord. Die rauhe Hand an meiner Wange? Müdigkeit? Keine Lust auf Erklärungen? Die Angst, wieder in die Haut von Libor Jeschin hineinschlüpfen zu müssen? Oder nur gewöhnliche Neugierde? Als ich »Schöpfer der Erde« spielte, dachte ich mir die unglaublichsten Wesen aus. Jetzt hatte ich die Möglichkeit, etwas Ähnliches in Wirklichkeit zu versuchen. Ich konnte ausprobieren, was aus der Verbindung von Libor und Gusta enstehen würde. Gustlibor? Libogust?

»Ich will nicht zurück«, hörte ich meine eigene Stimme. »Ich wäre froh, wenn ihr mich zu euch nehmen würdet – für eine Weile.«

Haben Lügen kurze Beine?

Ich wurde allmählich wieder gesund. Die Scharlachsymptome klangen ab, die Kopfwunden verheilten, und die Schulter konnte ich schon vorsichtig bewegen. Nur das Bein, das ich mir beim Sturz von der Leiter gebrochen hatte, tat immer noch weh. Ich hatte es von oben bis unten im Gips, und an heißen Tagen juckte die Haut darunter so schlimm, daß ich mich mit einer Haselrute kratzen mußte, die Filip zu diesem Zweck für mich geschnitzt hatte.

Es war eine seltsame Zeit, die ersten zwei Wochen bei Panenkas. Sie behandelten mich nicht wie einen Gast, aber ein Familienmitglied war ich auch nicht. Ich lag auf der Couch im großen Zimmer, hatte nur Shorts und ein T-Shirt an, in der Reichweite ein Glas Johannisbeersaft. Ich tat nichts. Ich las nicht, ich sah nicht fern, ich dachte nicht nach. Als ob ich meine ganze Kraft nur für das Nötigste brauchte: einatmen-ausatmen, blinzeln, schlucken, einschlafen-aufwachen.

Nicht einmal Träume hatte ich. Am Anfang, immer wenn ich aufwachte, dauerte es ein paar Sekunden, bis mir einfiel, wer und wo ich war. Ich mußte den Blick auf die Palme, auf den Spiegel oder auf einen der gehäkelten Lampenschirme heften und abwarten, bis die Wirklichkeit mich wieder einholte.

Lügen haben kurze Beine, pflegte unser Klassenlehrer zu

sagen, wenn er jemanden beim Betrügen oder Lügen erwischte. Nun vergingen aber die Tage, und meine Lüge schritt auf ihren kurzen Beinen unaufhaltsam voran. Ich war Gusta, niemand zweifelte daran, keinem wäre auch nur im Traum eingefallen, daß in einer Internatschule in Nordböhmen das Zeugnis des Schülers Libor Jeschin im Sekretariat eingeschlossen blieb, weil der Schüler es nicht abholen konnte. Der Schüler beendete die sechste Klasse nämlich nicht. Den Auskünften seiner Verwandten nach reiste er mit einem gestohlenen Schmuckstück ab, niemand wußte wohin. Die Fahndung der Polizei war bisher erfolglos.

Etwa am dritten Tag gegen Abend, als alle draußen waren und ich alleine blieb, stand ich auf und humpelte zum Telefon. Schnell, um von niemandem erwischt zu werden, wählte ich Onkels Nummer und mit der Hand, die komisch zitterte, drückte ich den Hörer ans Ohr. Ich wußte, daß sie um diese Zeit meistens zu Hause waren. Ich hatte vor, ihnen mitzuteilen, daß ich am Leben war, und dann aufzulegen. Zu nichts anderem hatte ich Mut. Aber das Telefon klingelte, und keiner nahm ab, bis sich schließlich der Anrufbeantworter meldete. Er verlangte mit Onkels Stimme, eine Nachricht zu hinterlassen.

»Ich bin's«, brachte ich heraus. Mein Herz pochte, als sollte ich ein schreckliches Verbrechen gestehen. »Ich bin nicht abgehauen, habe nichts verbrochen, vom Armband weiß ich nichts!«

Dann legte ich auf. Erst als ich zurück im Bett war, fiel mir ein, daß ich meine Entführung überhaupt nicht erwähnt hatte. Aber es war schon zu spät – Blanka betrat die Küche und begann, das Abendbrot vorzubereiten.

Am nächsten Tag versuchte ich es erneut. Diesmal meldete sich der Onkel persönlich.

»Wer ist am Apparat?« fragte er. Seine Stimme klang wie gewöhnlich: ein wenig distanziert, höflich, mit einem leichtem Unterton von Ungeduld. Ich konnte ihn mir genau vorstellen. Zurückgelehnt in seinem Ledersessel, den Blick auf den Bildschirm geheftet, wo er gerade den Text eines Firmenvertrags eingetippt hatte. Den obersten Hemdknopf offen, die Krawatte leicht gelockert.

»Hallo, wer ist da?« wiederholte er. Die Ungeduld in seiner Stimme wuchs. Ich öffnete den Mund, atmete ein und schloß ihn wieder. Kein Wort konnte ich aus mir herausquetschen. Ich kam mir wie gelähmt vor.

»Bist du es, Libor?« fragte der Onkel argwöhnisch. Dann fuhr er fort, schnell und erzürnt: »Ich weiß, daß du es bist! Hör mal zu, hier endet jeder Spaß! Weißt du, daß du auf diese Weise ins Heim kommen kannst? Wie stellst du dir das überhaupt vor? Daß du uns bestiehlst, abhaust, und wir dich dann noch bitten, zurückzukommen? Nie im Leben wäre mir eingefallen, daß du dich so bei uns bedanken würdest! Soll das die Belohnung für all das sein, was wir für dich getan haben? Wenn du denkst, du könntest uns bei deiner Rückkehr irgendein völlig idiotisches Märchen auftischen...«

Ich legte den Hörer auf und ging ins Bett. Wie hätte ich wissen sollen, Lord, was er von mir hören wollte? Wie hätte ich mich wehren sollen? Welche Lüge hätte ich mir ausdenken sollen, damit er die Wahrheit glaubte?

*

83

»Gusta, darfst du Kartoffelbrei mit Sahne essen, jetzt wo du keine Gelbsucht mehr hast?« fragte Blanka vom Herd aus und gab sich auch gleich selber eine Antwort: »Ich bin sicher, ein paar Tropfen gute Haussahne haben noch niemandem geschadet.«

»Gusta, ich habe dir eine Kröte mitgebracht. Sie hat achtunddreißig Warzen, ich habe sie gezählt!« rief Jitka mir begeistert durch das offene Fenster zu. »Willst du sie in einem Becher oder in die Hand?«

»Warst du schon auf dem Klo, Gusta?« schrie Filip vom Dachboden aus, wo er sein Zimmer hatte. »Damit dir die Blase nicht platzt!«

Mit solchen und vielen andere Bemerkungen bombardierten sie mich von morgens bis abends, und der Name Gusta wurde für mich allmählich selbstverständlich.

»Heute war ich in Budweis«, teilte mir Erik eines Abends mit und legte eine Tasche neben mich auf die Couch. »Nach einigen Telefongesprächen hatte mich eure Heimdirektorin jetzt zu einem Treffen eingeladen.«

Mein Puls begann verrückt zu spielen. Jetzt, sagte ich mir, jetzt wird er mir sagen, daß der echte Gusta zurück ist. Daß er gefunden wurde. Und daß auch herausgekommen war, wer ich bin.

Ich staunte ihn mit aufgerissenen Augen an und spürte, wie ich rot wurde.

»Hast du schon wieder Fieber?« Er erschrak. »Blanka!«

Blanka erschien und steckte ein Thermometer unter meinen Arm .

»Ich habe in Budweis unterschrieben, daß ich für dich die Verantwortung übernehme, bis du wieder richtig gesund bist«, fuhr Erik fort. »Übrigens, eure Direktorin ist eine komische Nudel, findest du nicht?«

»Ich... weiß nicht«, stotterte ich.

»Sie fragte mich, ob ich wirklich Lust hätte, so eine wehleidige, stets gekränkte Person im Hause zu haben. Ob ich mir wohl dein ewiges Jammern anhören wollte.«

»Mir ist nicht aufgefallen, daß Gusta jammert«, bemerkte Blanka. Erik reichte mir die Tasche.

»Hier hast du ein paar Kleinigkeiten. Deine Zimmergenossen schicken sie dir. Die Hexe tobt schon wieder – lassen sie dir ausrichten. Es grüßt dich auch ein gewisser Boby. Ich soll dir sagen, daß er sich freut, daß du nicht ertrunken bist.«

»Nicht ertrunken?« wiederholte ich. Erik musterte mich.

»Hast du etwa nicht damit gedroht, dich umzubringen, weil du das Scheißleben in dem Scheißheim satt hattest?«

Sein Blick zwang mich zu antworten.

»Das war doch nicht ernst gemeint. Das hab ich nur so gesagt«, murmelte ich. Etwas Besseres fiel mir nicht ein.

Erik rieb sich die Spitze seiner langen Nase und sah mich lange an. »Ich sage manchmal auch Sachen, die ich nicht ernst meine«, überlegte er.

»Was zum Beispiel?« wollte Blanka wissen.

»Zum Beispiel, daß dein Erdbeerkuchen das Beste auf der Welt ist.«

»Ist er es nicht?« Blanka verzog enttäuscht ihr Gesicht.

»Natürlich nicht«, lachte Erik. »Das Beste sind deine Zwetschgenknödel!«

*

85

Als ich allein im Zimmer war, öffnete ich die Tasche. Erst zögerte ich eine Weile. Ich wußte, daß es gemein ist, in fremden Sachen herumzuschnüffeln. Aber dann überkam mich die Neugierde, Lord. Ich wollte feststellen, wessen Namen ich mir da ausgeliehen hatte.

In der Tasche war nicht sehr viel. Ein paar Kleidungsstücke, eine Taschenlampe, eine Teedose und darin zwei geknickte Zigaretten, ein Skizzenblock und mehrere Stifte. Die Wäsche war ziemlich abgetragen, billig und stank nach Desinfektionsmitteln. Auf der Taschenlampe und auf den Stiften waren die Initialien G.P. eingeritzt. Der Skizzenblock trug den vollen Namen des Besitzers: Gusta Pesek.

In ihm gab es eine Menge Zeichnungen, meistens mit kürzeren Texten versehen. *Die Hexe auf der Folterbank* stand neben einer sorgfältig ausgeführten Zeichnung eines alten Weibes dem man eine Schere in den Bauch gerammt hatte. Auf der nächsten Seite stand das gleiche Weib in Flammen. Der Untertitel erklärte, daß es sich um *Die Hexe auf dem Scheiterhaufen* handelte. Dann folgte eine comicartige Serie von Bildern. Sie erzählten die Geschichte des tapferen Ritters, der die böse Hexe fängt und ihr den Kopf abhackt. Eine ähnliche Geschichte war auch auf der nächsten Seite zu sehen – nur mit einer anderen Lösung: Der Ritter hackt der Hexe nicht den Kopf ab, sondern er verzaubert sie in eine fette Sau, die von morgens bis abends ihm und seinem ganzen Hof die Schuhe putzen muß. Derartige Geschichten gab es viele. In allen sah ich den schönen Ritter mit breiten Schultern und die häßliche Hexe, die ihm schaden wollte, die der Ritter jedoch schließlich besiegte.

Ich blätterte den Skizzenblock bis zum Ende durch. Die

vorletzte Seite war nicht bemalt, sondern beschrieben. In der linken oberen Ecke stand *Die Hexe ist*: Dem Doppelpunkt folgte eine lange Liste von Schimpfworten. Manche waren lächerlich, manche wirklich sehr vulgär, manche könnte ich dir, Lord, nicht einmal wiederholen, weil ich sie noch nie vorher gehört hatte und nicht weiß, was sie bedeuten. Ich las die Liste zu Ende und blätterte um. Auf der letzten Seite standen keine Comics und keine Schimpfworte. Es lag dort der tapfere Ritter mit seinen breiten Schultern, hatte geschlossene Augen, und die häßliche Hexe stand mit gespreizten Beinen auf seinem Brustkorb.

Ich kann dir nicht beschreiben, Lord, wie elend ich mich fühlte, als ich den Block schloß. Ich ahnte, daß der tapfere Ritter mit breiten Schultern Gusta war, die Hexe stellte allem Anschein nach die Direktorin des Heimes dar, und das letzte Bild vermittelte klar und deutlich die Gefühle, die den Blockbesitzer zur Flucht bewogen hatten.

Ich blieb mit geschlossenen Augen liegen und überlegte, was ich tun sollte. Die Situation war verwurstelt wie die Schnürsenkel von alten Schlittschuhen. Ich wickelte sie auseinander, aber da entstanden immer neue Knoten, und ich fand mich mit ihnen nicht zurecht. Unter meinen geschlossenen Lidern tauchte das Bild des schlanken kraushaarigen Jungen in einer Badehose auf. An der Hand hielt er einen Gartenzwerg, und der Gartenzwerg sah aus wie ich. Das heißt, wie Libor, ich wurde doch zum tapferen Ritter, der niemanden fürchtet. Nichts und Niemanden, nur daß sie ihn für einen Dieb hielten. Der Onkel, die Tante, die Jungs im Internat, keiner wollte wirklich, daß ich zurückkam. Deshalb – jetzt unter den geschlossenen Augen sah ich es ganz genau – deshalb hatte ich mir das Bein gebrochen, um hier bleiben zu können. Wenigstens bis man mir den Gips abnehmen würde. Dann mußte ich zurück... dann mußte ich... dann mußte... dann...

»Schläfst du?« ertönte es über mir. Ich öffnete die Augen. Neben der Couch stand Marcela und nuckelte an ihrem Zopfende.

»Zeigst du mir, was du in dem Block da hast?« fragte sie. Ich drückte den Skizzenblock fest an mich.

»Das ist ein Geheimnis«, sagte ich. »Gehört nicht mir.«

»Wem gehört's denn?«

»Einem Jungen. Er gab mir den Block zum Aufbewahren, bis er zurückkommt.«

»Wo ist er denn hingegangen?«

»Sage ich nicht.«

»Wie heißt er?«

»Das darf ich nicht verraten.«

»Und wann kommt er zurück?«

»Wenn er zurückkommt, dann gehe ich von hier weg«, sagte ich spontan. Sie sah mich fragend an.

»Soll das ein Rätsel sein?«

»Vielleicht. Aber es errät niemand.«

»Nicht einmal Blanka?« fragte sie mißtrauisch.

»Nicht einmal Blanka«, antwortete ich entschieden.

Schon in drei Tagen

Mit Marcela war ich in dieser Zeit am häufigsten zusammen. Sie blieb zu Hause, obwohl draußen die Sonne schien und Jitka mit Filip die ganzen Tage am Wasser verbrachte. Die beiden fuhren mit dem Rad zu Dudas Steinbruch und kamen irgendwann am Abend wieder zurück. Sie hatten Ferien.

Marcela hatte auch Ferien, aber sie vertrug die Sonne nicht gut, und baden durfte sie auch nicht. Es hatte etwas mit ihrer Krankheit zu tun. Ich wußte nicht was es war, fragen wollte ich aber auch nicht.

Lieber schaute und hörte ich aufmerksam zu – so wie du es machst, Lord. So bekommt man schneller die richtige Antwort.

Durch Beobachten und Zuhören bekam ich heraus, daß Erik Elektriker ist und den Leuten im weiten Umkreis die Waschmaschinen repariert. Durch Beobachten und Zuhören erfuhr ich, daß Blanka nicht nur zu ihrem Spaß strickt, sondern ihre Produkte jeden Samstag in Sedlitz auf dem Markt verkauft. Durch Beobachten und Zuhören wußte ich bald eine Menge über die Panenkas.

Ich erfuhr, daß die Pferde, mit denen ich eine Zeitlang in der Scheune gewohnt hatte, Horaz und Sissi heißen und Jitka und Filip gehören, daß Blanka siebzig Kilo wiegt, im

Sommer allerdings immer ein bißchen abnimmt, daß der Motor von der Draisine schon altersschwach ist, aber sobald Erik Geld für einen neuen verdienen würde, man einen Ausflug auf den Schienen bis zum Hochmoor unternehmen könnte, daß Herr Podestat jeden Sonntag zum Kaffee und Guglhupfessen kommt und jedesmal einen Korb voller Pfifferlinge mitbringt, daß Erik gekochte Karotten nicht abkann, daß Blanka für ein gutes Rätsel alles geben würde, und daß Marcela gerne liest.

Die Bibliothek war in Sedlitz, und Marcela lieh sich dort regelmäßig Bücher aus. Zur Zeit hatte sie ein dickes Buch mit Hundegeschichten ausgeliehen und las mir oft vor. Es waren lauter witzige Geschichten, und Marcela lachte dabei so heftig, daß sie manchmal kaum noch weiterlesen konnte und Lachtränen vergoß.

»Genau das hat unser Kent gemacht!« schrie sie zwischen zwei Lachkrämpfen. »Schade, daß du ihn nicht gekannt hast! Er war so intelligent und hat unsere Katzen so gereizt, daß sie ganz verrückt wurden!«

»Katzen sind intelligenter als Hunde«, sagte ich. Tante Jolana behauptete das oft.

»Magst du keine Hunde?«

»Ich habe nicht gesagt, daß ich sie nicht mag. Ich habe nur gesagt...«

»Also magst du sie oder nicht?« unterbrach mich Marcela ungeduldig.

»Ich wollte schon immer einen Hund haben«, gab ich zu. »Ich würde ihn Lord nennen.«

»Lord? Das klingt gut.«

»Marcela klingt auch nicht schlecht.«

Sie lachte erneut los und beugte sich zu mir herunter, bis ihr Zopf mich an der Wange kitzelte.

»Ich weiß was«, flüsterte sie.

»Was?«

»Fängt mit G an.«

»G wie Gelaber?«

Sie setzte sich schnell auf.

»Ich labere nicht«, protestierte sie.

»Behaupte ich so was?«

Sie spitzte beleidigt den Mund. Ich hob den Arm und zupfte sie am Zopf. Er war dick wie ein Seil, und sein Ende fühlte sich von ihrem ewigen Nuckeln feucht an.

»Du laberst am wenigsten von allen Mädchen, die ich kenne«, sagte ich versöhnlich.

»Kennst du viele?« fragte sie neugierig.

»Frag lieber nicht!«

Ich tat, als ob ich tausende Mädchen gekannt hätte. In Wirklichkeit waren es ungefähr fünf.

Unsere Internatschule war ausschließlich für Jungen, und die Mädchen trafen wir nur bei gemeinsamen Sportveranstaltungen. Ich wußte nicht, was ich von ihnen halten sollte. Sie konnten nicht Weitspringen, aber wenn sie auf den Bänken in der Sporthalle saßen, kicherten sie wundervoll. Sie hatten meistens lange Haare und einige von ihnen lackierten sich schon die Nägel. Abends im Schlafsaal redeten wir oft über sie. Jonas behauptete, sie wären blöde – eine wie die andere.

Aber Herman hatte eine Kusine, die sich ihre Augenlider umdrehen konnte, und beim Laufen hüpfte ihr Busen unter dem engen T-Shirt hin und her. Zu ihr und ihren Freundinnen konnte man kommen und mit ihnen sprechen. Sie waren nicht blöde. Sie kicherten nur in den unpassendsten Momenten los. Wie ich schon sagte, Lord, ich wußte nicht, was ich von ihnen halten sollte.

»Was beginnt mit G?« kam ich zum letzten Thema zurück.

»Geschenk«, stieß Marcela hervor. Dann rannte sie weg, damit ich sie nicht weiter ausfragen konnte.

*

»Marcela wird bald zwölf«, sagte mir Filip abends auf dem Bahnsteig, wo ich jeden Tag ein bißchen herumhumpelte, um mich zu bewegen.

»Deswegen hat sie von einem Geschenk geredet!« dachte ich.

»Erik hat zu ihrer Geburtstagsfete eine Band eingeladen. Blanka häkelt einen Hut und bäckt schon seit ein paar Tagen Plätzchen. Jitka und ich haben vom Briefträger eine sprechende Dohle gekauft!« fügte er stolz hinzu.

»Was sagt sie?«

»Bisher noch nichts. Aber der Briefträger behauptet, sie würde nachts im Schlaf reden. Es klinge wohl wie: ›Schmarrrz – Scherrre, Schmarrrz – Scherrre!‹ Er wird's noch mit ihr üben.«

»Und was ist mit mir?« fragte ich.

»Marcela erwartet nicht, daß sie etwas von dir bekommt. Sie weiß, daß du kein Geld hast.«

»Wie wär's, wenn ich etwas verkaufen würde?«

»Hast du was?«

Ich humpelte ins Haus und kam mit meinem Gürtel

zurück. Er war die einzige Sache, die mir geblieben war und einen Wert hatte. Ich reichte ihn Filip. Anerkennend drehte er ihn in den Händen, berührte das schwarze Leder, strich über die massive Schnalle und die metallenen Nieten.

»Wo hast du ihn her?« fragte er.

»Geschenkt.«

»Im Heim bekommt man solche Gürtel nicht«, sagte er mißtrauisch.

»Ich habe ihn von einer alten Frau geschenkt bekommen«, log ich. »Bei der Weihnachtsfeier.«

Er nickte. »Dafür kannst du Dreihundert haben. Vielleicht auch fünf.«

»Würdest du soviel dafür bezahlen?«

»Wo soll ich denn Fünfhundert hernehmen, Alter!« lachte er und gab mir den Gürtel zurück. Ich wickelte ihn um mein Handgelenk und schaute ihn an. Er sah super aus, das mußte ich zugeben. Geschmack hatte Tante Jolana auf jeden Fall.

»Mal schauen«, sagte ich. »Ich muß es mir noch überlegen.«

*

Ich hatte eine Menge zu überlegen. Denke nicht, Lord, daß ich die ganze Zeit auf der Couch faulenzte, meine Weh-wehchen heilen ließ und alle Sorgen vergaß! Das hättest du wahrscheinlich gemacht, aber ich mußte ständig daran denken, wie es weitergehen würde.

Nach Prag telefonierte ich nicht mehr. Ich wußte, daß es zwecklos war. Eines Tages würde ich dort auftauchen – sagte ich mir – ich würde einfach an der Gartenpforte klingeln, warten, bis sie mir aufmachten, und ihnen dann alles erzählen.

Aber sie würden dir sowieso nicht glauben, flüsterte mir meine innere Stimme höhnisch zu. Ich wußte, daß sie recht hatte. Meine innere Stimme hatte meistens recht. Sie war vernünftig und gehässig.

Worauf wartest du? fragte sie mich, als ich Blanka beim Kartoffelschälen half. Gestehe es ihr doch ein! Sag ihr, wer du bist und wer du nicht bist! Aber Blanka sang beim Schälen, lächelte mir zu und manchmal strich sie mir die langgewachsenen Haare aus der Stirn.

»Sie könnten ein bißchen kürzer sein.« Sie blinzelte mir zu. »Soll ich sie dir schneiden? Ich frisiere alle Männer im Haus eigenhändig. Laß uns das gleich erledigen, einverstanden?«

Ich nickte. Meine innere Stimme höhnte. Der Herr läßt sich die Haare schneiden, bravo! Der Herr gehört schon zur Familie! Und was wird mit dem Geständnis? Haben wir's uns schon wieder anders überlegt? Wann wollen wir denn mit der Sprache herausrücken? Am Abend? Morgen? Wenn der Gips ab ist?

»Wenn der Gips ab ist«, sagte ich. Blanka schaute mich verdutzt an.

»Hast du etwas gesagt?«

»Daß... daß der Gips abkommt«, murmelte ich.

»Schon in drei Tagen«, nickte sie. »Freust du dich, daß du dann wieder laufen und baden kannst?«

Ich antwortete nicht. Ich sehnte mich weder nach dem Laufen noch nach dem Baden. Wenn mir der Gips dazu verhelfen könnte, daß sich in meinem Leben nichts mehr veränderte, würde ich ihn gerne für immer tragen. Ich seufzte.

»Was ist mit dir los?« fragte Blanka leise.

»Nichts.«

»Wer seufzt, der hat Kummer«, bemerkte sie. »Und wer Kummer hat, hat einen Grund dazu. Aber wie schon meine Großmutter zu sagen pflegte: Ein Hemd ist nie so schmutzig, daß man es nicht waschen kann!«

Ich muß wohl immer noch sehr bedrückt ausgesehen haben, weil sie mir mit der Hand erneut durchs Haar strich. Diesmal nicht um die Haarlänge zu kontrollieren, sondern um mich näher zu sich heranzuziehen. Ich weigerte mich nicht. Eher mir klar wurde, was ich tat, breitete ich meine Arme aus, umarmte Blanka und bohrte das Gesicht in ihr gehäkeltes Kleid. Sie drückte mich an sich und streichelte mich schweigend.

Ich kann nicht gut über meine Gefühle sprechen, Lord. Ich könnte dir erzählen, daß mich Traurigkeit befiel, aber das wäre nicht ganz richtig. Ich fühlte mich traurig und glücklich zugleich. Freude durchströmte mich. Sie floß an meiner Wirbelsäule entlang, ich spürte sie an der Haut meines Gesichtes. Sie saß sogar in der Nase, mit der ich einen unbeschreiblichen, bisher unbekannten Duft roch. Ich war von Freude überschwemmt vom Hals bis zu der schmutzigen Ferse, die aus dem Gips herauslugte. Die Traurigkeit nistete sich im Kopf ein. Sie sagte mir, das alles sei bald vorbei. Nur noch drei Tage und ich mußte alles gestehen. Nur noch drei Tage und ich war wieder Libor. Drei Tage und ich mußte fort.

Tun deine Pfoten weh, Lord? Ruh dich aus. Ich muß dich sowieso kurz am Zaun festbinden. Du weißt doch, was Lola fertigbringt! Sie möchte mit dir raufen, weil sie schon lange vergessen hat, daß sie deine Mutter ist. Du würdest schwer verlieren – so viel Kraft wie sie hast du noch nicht! Bleib lieber hier und warte auf mich. Wenn ich mit der Milch zurückkomme, werde ich dir erzählen, was am Freitag passierte. An dem Freitag, an dem der Gips abkam.

Ja!

Ich fuhr allein mit Erik ins Krankenhaus.

»Fährst du nicht auch mit?« fragte ich Jitka, als sie mir das Bein auf den Rücksitz des Fiats hob.

»Sie muß Blanka mit dem Festessen helfen«, sagte Erik vom Steuer aus.

»Heute gibt es ein Festessen?« wunderte ich mich. »Warum?«

»Ist das etwa kein Ereignis, wenn einem der Gips abgenommen wird und man wieder beide Beine benützen kann? Das muß doch gefeiert werden!«

Wir fuhren schweigend ins Tal. Die Sonne versteckte sich hinter den Wolken, und in der Luft lag Regen, obwohl noch kein Tropfen gefallen war. Vielleicht regnete es hinter den gegenüberliegenden Bergen. Ich hatte den Kopf aus dem Fenster gestreckt und beobachtete die Vogelbeerbäume am Rande des Weges. Die Beeren in ihren Kronen begannen schon rosa zu werden, obwohl erst Mitte Juli war. Bei ihrem Anblick fiel mir plötzlich ein, daß ich wohl nicht wieder mit zurück fahren würde. Ich nahm mir vor, Erik die Wahrheit noch im Krankenhaus oder spätestens kurz danach zu sagen. Vielleicht würde er mich gleich danach zur Polizeiwache fahren. Zum Festessen würde ich höchstwahrscheinlich nicht kommen können.

»Es wird ein bißchen ziehen«, bereitete Erik mich vor. »Mit dem Gips werden sie dir auch die Härchen herausreißen.«

»Ich habe noch keine«, sagte ich. »Bloß Flaum.«

»Der Flaum tut am meisten weh«, bemerkte er. Ich mußte lachen.

»Wäre es nicht schlauer, mich zu beruhigen? Mir zu sagen, ich brauche mich nicht zu fürchten, weil es nicht weh tun wird?«

»Du fürchtest dich?« drehte er sich überrascht um.

»Ein bißchen«, gab ich zu. Ich fürchtete mich sehr, Lord, aber nicht wegen des Flaums auf den Beinen. Ich fürchtete mich, was weiter geschehen würde.

»Dann fürchte dich weiter«, sagte er herausfordernd. Er schaute schon wieder auf die Straße. »Es ist gar nicht übel, ein wenig Angst zu haben. Man fühlt sich dann richtig gut, wenn die Angst vorüber ist.«

Ich erinnerte mich an den Kurzen und den Langen, an ihren Transit, an die Nacht in der Holzkammer. Ich erinnerte mich, wie es war, als ich durch den Morgenwald wegrannte.

Viel Zeit war seitdem zwar nicht verstrichen, aber mir kam es so vor, als wäre alles vor einigen Jahren passiert. Als hätte es jemand anderes erlebt. Waren es die Erinnerungen oder der Ausdruck in Eriks Augen, plötzlich fühlte ich mich ermutigt.

»Ich muß dir... etwas... gestehen«, stotterte ich. »Ich habe gelogen.«

Der Ausdruck in Eriks Augen änderte sich nicht. Ich sah keine Unruhe, keine Neugierde.

»Ich weiß.« Er nickte und bog in die Allee vor dem Krankenhaus ein.

»Wieso?« stieß ich hervor. »Woher?«

Erik hielt vor dem Eingang und schaltete den Motor aus. Ich beobachtete ihn, wie er aus dem Wagen stieg, zu meiner Tür ging und sie öffnete.

»Komm, ich helfe dir heraus«, sagte er und schob mir die Arme unter die Achseln. »Über deine Lügen werden wir uns später unterhalten.«

*

Das Bein war dünn und kraftlos, ich konnte es kaum belasten.

»Überanstrenge dich nicht. Du mußt ja nicht gleich Fußballspielen gehen! Du solltest das Bein regelmäßig trainieren. Es muß sich allmählich wieder daran gewöhnen, dir zu gehorchen«, empfahl mir der Arzt bevor er mich gehen ließ.

Erik wartete auf dem Gang. Wir fuhren mit dem Lift ins Erdgeschoß und verließen das Krankenhaus. Es begann zu regnen.

»Kannst du das Knie soweit biegen, daß du neben mir sitzen kannst?« fragte Erik. »Oder willst du es lieber wieder auf dem Rücksitz ausstrecken?«

»Ich versuche es vorne«, sagte ich. Wir stiegen in den Wagen, und ich zwängte das Bein unter das Armaturenbrett. Mein Knie schmerzte ein wenig, aber ich sagte mir, daß das genau das Training war, von dem der Arzt gesprochen hatte. Wir fuhren die Krankenhausallee entlang und bogen in die Landstraße ein.

»Wir müssen bei den Kolars Milch abholen«, sagte Erik

und schaute auf seine Uhr. »Ich hoffe, daß es noch nicht zu spät ist.«

Der Regen wurde dichter. Der Fiat fuhr den Hügel nach Krupka hinauf, und ich überlegte mir den ersten Satz. Ich heiße Libor Jeschin – das wäre am kürzesten und am einfachsten. Dann fiel mir ein, daß ich meinen richtigen Namen vor Erik nicht erwähnen brauchte. Er kannte ihn höchstwahrscheinlich; er sagte doch, er wüßte von meinem Lügen. Was wußte er eigentlich? Und woher?

Die Gedanken wirbelten in meinem Kopf herum, und ich wußte immer noch nicht, wie ich anfangen sollte. Erik schwieg ebenfalls. Er konzentrierte sich auf die Fahrt. Über den rutschigen Weg flossen trübe Schlammbäche. Über dem Stiefvaterfelsen erhellte ein Blitz den Himmel, und bald darauf donnerte es.

»Es kommt zu uns«, bemerkte Erik und richtete seinen Blick auf die dunkelgrauen Wolken, die über das Tal trieben. Der Regen fiel schon in Strömen. Die quietschenden Scheibenwischer des alten Fiats bewegten sich langsam und ruckartig über die Windschutzscheibe. Erik fuhr langsam an den Straßenrand.

»Ich muß anhalten,« sagte er. »Ich kann überhaupt nichts mehr sehen.«

Er bog in den Waldweg ein, der zu Kolars Wiesen führt, und hielt an. Als er den Motor abstellte, hörten wir den Sturm in seiner ganzen Kraft. Überall um uns herum dröhnte es, der Regen trommelte aufs Autodach, und über den naheliegenden Bergen kreuzten sich die Blitze.

»Zum Glück habe ich gestern das Heu eingefahren«, sagte Erik. Aus seiner Stimme klang Erleichterung, fast Freude.

Ich verstand nicht, wie er mit solch einer Begeisterung reden konnte, wenn er wußte, was für ein Lügner neben ihm saß. Ein Lügner und ein Feigling, der Angst hatte den Mund aufzumachen.

Erik muß gespürt haben, woran ich dachte, denn er begann plötzlich von alleine zu sprechen. Er suchte nicht nach Umwegen, wie ich es getan hätte – er kam sofort zur Sache.

»Ja, ich weiß, daß du uns vieles verschwiegen hast«, meinte er.

»Von wem weißt du das?« flüsterte ich.

»Von der Hexe.«

Ich machte große Augen. Er erwiderte meinen Blick gelassen. In seinem Mundwinkel zuckte es, es sah aus wie ein kleines Lächeln.

»Ihr nennt eure Direktorin doch so, oder?« fuhr er fort. »Deine Freunde im Heim haben mir so einiges erzählt. Und sie selber auch, obwohl sie mir gegenüber die gute Fee spielen wollte.«

»Was hat sie gesagt?« fragte ich verwirrt. Das Gespräch entwickelte sich anders, als ich erwartet hatte.

»Du hast nicht nur mit Selbstmord gedroht, du hast es sogar schon versucht, und zweimal bist du auch abgehauen. Eine Zeitlang warst du in einer Nervenklinik. Dein Gerede vom Ertrinken war also kein Witz, wie du versucht hast uns weißzumachen. Das war ernst gemeint. Dein Freund Boby hat das bestätigt. Er sagte, die Hexe hätte dich gehaßt und dir das auch gezeigt. Und du hast sie gereizt und provoziert.«

Er sah mich an, als erwartete er einen Einwand. Ich sagte nichts.

»Als dich Jitka und Filip bei uns im Haus gefunden haben, warst du schon über einen Monat auf der Flucht. Du
hast Hunger gehabt. Irgendwo hast du dir deine Schulter
verletzt. Ich werde dich nicht fragen, wohin du gehen wolltest, und auch nicht, wieso du nicht das getan hast, womit
du gedroht hattest. Ich stelle dir nur eine einzige Frage. Und
antworte bitte wahrheitsgemäß.«

Draußen donnerte es so laut, daß Erik eine Pause machte
und nach oben guckte. Der Himmel schien in Fetzen ausein-
anderzuspringen.

»Was ist das für eine Frage?« sagte ich. Mein Herz klopfte
dabei wie wild. Gespannt wartete ich, was folgen würde.

»Könntest du dir vorstellen wieder Spaß am Leben zu haben, ich meine eine gewöhnliche Lust das zu tun, was gerade ansteht: trinken, essen, raufen, im Gras 'rumgammeln,
reiten, ein bißchen singen, ein bißchen weinen... Meinst du,
das alles würde dir Spaß machen, wenn wir dich bei uns behalten würden?«

Er sprach langsam und ernst. Er sprach zu Gusta.

»Für wie lange?« fragte Libor. »Für den Sommer?«

»Verwandschaften werden nicht für vierzehn Tage oder
für die Ferien geschlossen«, antwortete er. »Ich meinte
natürlich für immer.«

Sag ihm doch endlich, daß du nicht derjenige bist, für den
er dich hält, flüsterte mir meine innere Stimme zu. Bedanke
dich. Entschuldige dich. Erkläre alles.

»Das ist nämlich so...« begann ich, aber eine unsichtbare
Hand stopfte mir den Mund zu und irgend etwas mahnte
mich. Dieses Mal war es nicht meine vernünftige innere
Stimme. Ich hatte eher das Gefühl, als würde es von

draußen kommen. Aus dem Regen und aus dem Unwetter: Er will doch nichts weiter, als das du ihm auf seine Frage antwortest! schrie es. Also antworte!

»Ja«, sagte ich. Es war kurz und es war wahr. Ich befürchtete nur, daß er mich nicht verstehen konnte, weil die Regentropfen so laut aufs Dach trommelten. Ich wiederholte es lieber noch zweimal. »Ja. Ja!«

*

Erik hatte auch gelogen. Er hatte behauptet, wir würden bei Kolars Milch abholen, doch wir holten dich ab, Lord. Du warst das Geschenk, über das Marcela gesprochen hatte. Das Geschenk für mich.

Lola knurrte mißmutig, als ich dich in die Arme nahm und zum Wagen trug, aber Herr Kolar warf ihr ein Stück Speckschwarte hin, Lola biß hinein und vergaß dich schnell. Doch du heultest den ganzen Weg bis nach Hause. Du warst klein – du kannst dir gar nicht vorstellen, wie klein! Kleiner als ein Brotlaib. Ich setzte dich auf meinen Schoß, aber das gefiel dir nicht. Du wolltest auf meinen Knien marschieren und meinen Bauch hochklettern. In den Kurven verlorst du immer das Gleichgewicht, du fielst auf den Rücken, rolltest über meine Schenkel und jaultest.

»Hast du einen Namen für ihn?« fragte Erik.

»Lord.«

»Lord!« versuchte er dich zu rufen. Aber außer daß deine Ohren ein bißchen zuckten, zeigtest du keine Reaktion.

»Er hört noch nicht drauf«, sagte ich. »Vielleicht hieß er bei Kolars Rex oder Alf oder sonstwie. Er muß sich erst daran gewöhnen.«

Das war es, Lord, was uns zwei von Anfang an verband: Wir beide mußten uns erst einmal an unsere neuen Namen gewöhnen. Und nicht nur an die Namen.

Sobald der Fiat vor dem Bahnhof anhielt, stürzten Blanka, Jitka, Filip und Marcela heraus. Zuerst schauten sie Erik fragend an. Irgendwas in seinem Blick gab ihnen wahrscheinlich eine Antwort auf die unausgesprochene Frage, weil sie mich wie auf Kommando zu umarmen begannen.

»Das ist für dich, Bruderherz!« Jitka drückte mir einen kleinen Kamm in die Hand. »Damit du uns gefällst!«

»Und hier ist etwas für Lord«, Marcela gab mir ein Hundehalsband mit Leine. »Am Anfang mußt du ihn noch anbinden, damit er dir nicht in den Wald läuft.«

Filip klopfte mir gönnerhaft auf die Schulter, entschuldigte sich jedoch gleich: »Sorry, Alter, ich habe vergessen, daß du ein bißchen invalide bist!«

Blanka drückte mich so heftig an sich, daß sie mir fast den Atem raubte.

»Ein Hemd ist nie so schmutzig, daß man es nicht waschen kann!« flüsterte sie. In ihren Augen standen Tränen. Auch mich kitzelte es in der Nase.

Nach dem Festessen, das – jetzt war es mir klar – nicht meinem gipsfreien Bein galt, sondern meiner Aufnahme in die Familie, schubste mich Filip zur Dachbodentreppe.

»Komm rauf, ich zeig' dir was!«

Er nahm zwei Stufen auf einmal, und ich humpelte hinter ihm her wie ein alter Pirat, weil mein Knie noch steif war.

»Das ist unser Zimmer!« Filip öffnete die Tür gleich gegenüber der Treppe und ließ mich eintreten. Unter einem Fenster stand ein Bett, unter dem zweiten ein Feldbett.

»Fürs erste werde ich auf der Liege pennen,« sagte Filip großzügig. »Wenn dein Bein wieder ganz in Ordnung ist, können wir tauschen.«

Ich nickte und setzte mich aufs Bett. Der Raum war nicht einmal halb so groß wie mein Zimmer bei Onkel und Tante. An den Fenstern hingen gehäkelte Vorhänge und an der Wand stand ein Tisch mit einem Stuhl.

»Den zweiten Stuhl hole ich von unten! Und ich mache dir Platz im Schrank! Hier hast du eine Tischlampe, siehst du? Blanka häkelt dir einen Schirm drauf«, sprudelte Filip begeistert los und lief vom Tisch zum Bett, vom Bett zum Schrank. Dort blieb er stehen und sah mich an.

»Ist das nicht witzig?« Er schüttelte den Kopf. »Wir sind Brüder! Weißt du, was es heißt?«

Ich war mir nicht sicher, ob ich es wußte. Noch nie vorher hatte ich einen Bruder gehabt. Immer nur Mitschüler und Mitbewohner.

»Das heißt, daß sich keiner was mit einem von uns erlauben darf, weil ihm sonst der andere die Fresse einschlägt!« jauchzte er. »Das heißt, daß ich dir alle Verstecke zeigen werde. Ich hab hier neun Stück in der Umgebung. Acht davon kennt auch Jitka, aber das neunte wird nur uns gehören – dir und mir.«

»Wenn wir Brüder sind, heißt das auch, daß du mir das Reiten beibringst?« fragte ich.

»Ich bringe dir alles bei«, sagte er ernst. »Und du mir auch. Und ich werde keine Geheimnisse vor dir haben.«

Er erwartete bestimmt, daß ich das gleiche sagen würde, aber ich schwieg. Mir war klar, daß ich ein Geheimnis vor ihm haben würde. Ob ich wollte oder nicht.

Keine Bange

Der Sommer raste davon, und ich gewöhnte mich schnell daran, daß ich wieder zwei gesunde Beine hatte.

In der ersten Woche humpelte ich nur durch das Haus und über den Bahnsteig und stellte mit Freude fest, daß mein Knie immer beweglicher wurde, und daß ich mich von Tag zu Tag mehr darauf verlassen konnte. In dieser Zeit waren wir immer zusammen. Ich brachte dir bei, wie ein richtiger Hund das Halsband trägt, an der Leine geht und dann kommt, wenn ich »Lord!« rufe.

Bald kam die Himbeerzeit. Die Früchte reiften auf den umliegenden Lichtungen in einer Menge, wie ich es noch nie zuvor gesehen hatte. Eines Morgens holte Blanka einen Eimer aus der Speisekammer, spülte ihn sorgfältig aus und gab jedem von uns einen Krug.

»Solange der Krug nicht voll ist, laßt euch hier nicht blicken«, sagte sie. Sie versorgte uns mit vielen Stullen und vielen guten Ratschlägen, und wir brachen auf.

»Zuerst probieren wir es hinter der Futterraufe«, schlug Jitka vor.

Hinter der Futterraufe, keine dreihundert Meter von der Scheune entfernt, öffnete sich der Wald in eine schmale, steinige, von Himbeersträuchern gesäumte Lichtung. Die Sonne versteckte sich noch hinter den Bäumen, und auf dem Gras lag Tau. Am Vorabend und noch beim Frühstück hatte ich darüber nachgedacht, wie eintönig es sein würde, den ganzen Tag nur zu pflücken und sich die Hände von Himbeerdornen aufreißen zu lassen. Bald aber sah ich ein, daß ich mich geirrt hatte.

»Wer zuerst den Krug vollgepflückt hat, darf Wasser holen!« verkündete Filip und tauchte im Himbeergebüsch unter. Wir machten uns an die Arbeit. Erst war nur das Rascheln von Blättern und hohem Gras zu hören, dann ertönte ein Stück von mir weg Jitkas Gelächter.

»Ich habe dich gehört, Filip!«

»Was hast du gehört? Ich habe doch gar nichts gesagt«, wunderte sich Filip.

»Jetzt sagst du nichts, aber in der Nacht hast du geredet!« lachte Jitka.

»Blödsinn.«

»Kein Blödsinn«, beharrte Jitka. »Ich mußte aufs Klo. Und als ich die Treppe runterstieg, hörte ich durch die Wand deine Stimme.«

»Was hat er gesagt?« Marcelas Kopf lugte aus dem Gebüsch.

»Zuerst wiederholte er immer nur: Adela, Adela! Wo bist du, Adela?«

»Habt ihr Verstecken gespielt?« fragte Marcela.

»Wir haben nichts gespielt, und ich habe auch nichts gesagt!« wehrte sich Filip.

»Du hast Adela eine Liebeserklärung gemacht!« schrie Jitka. »Ich habe es Wort für Wort gehört! Du hast ihr gesagt, daß sie aussieht wie eine Kirschblüte!«

»Eine Kirschblüte?«

»Und daß sie so zart ist, daß sie keinen Schatten wirft!«

»Filip, aus dir wird noch ein Dichter!« staunte Marcela.

»Wer ist Adela?« fragte ich.

»Hör nicht auf sie«, riet mir Filip.

»Adela ist die Tochter des Zahnarztes aus Uhor«, beeilte sich Marcela mit der Antwort.

»Und Filip liebt sie«, fügte Jitka vom anderen Ende der Lichtung hinzu, wohin sie sich sicherheitshalber entfernt hatte. »Er läuft jeden Monat zweimal zum Zahnarzt! Wenn er eine neue Plombe bekommt, stochert er sie sich zu Hause mit einer Nadel raus und husch, ist er wieder unterwegs nach Uhor! Er putzt sich auch andauernd die Zähne, weil ihn Adela sonst nicht küssen würde!«

»Dafür gibt's was!« Filip geriet in Wut. Er schmiß den Krug ins Gras und rannte über die Wiese. Jitka verschwand blitzschnell hinter einem Strauch, und in den nächsten Minuten waren nur Stampfen, Schnaufen und kurze Schreie zu hören.

»Laß mich los!«

»Vergiß es!«

»Autsch!«

»Du sollst mich nicht ärgern!«

»Aber du hast doch im Schlaf geredet!«

»Lügnerin!«

»Dochdochdochdoch!«

»Ich kitzel dich durch!«

»Wage es nicht!«

Den folgenden Geräuschen nach wagte es Filip aber doch. Aus dem Gebüsch drang Jitkas entsetzliches Gekicher und das Knacken der Himbeerzweige. Ein Paar Raben, vom

Lärm aufgeschreckt, stiegen rasch über die Baumkronen empor und flogen mit beleidigtem Geschrei ein Stück weiter.

Marcela schenkte dem ganzen Aufruhr keine Aufmerksamkeit. Sie band ihre Zöpfe in einem Knoten auf dem Scheitel zusammen, damit sie sich nicht im dornigen Gezweig verflochten, und begann mit solchem Eifer zu pflükken, als wollte sie die Goldmedaille im Himbeersammeln gewinnen. Ich folgte ihrem Beispiel, und bald hatten wir beide Krüge voll.

Der Kampf auf der anderen Seite der Wiese ging inzwischen zu Ende. Jitka und Filip führten ein geheimnisvolles Ritual durch, das wahrscheinlich den Waffenstillstand besiegeln sollte, aber auf die Entfernung wirkte es eher wie ein gegenseitiges Augenausstechen. Sie kamen zerzaust und zerknittert zu uns zurück und setzten ihre Arbeit fort.

»Fertig!« Marcela zeigte allen ihren vollen Krug. »Ich gehe!«

»Und was ist mit mir?« Ich hob meinen Krug, aus dem die Beeren herausfielen.

»Komm mit«, forderte sie mich auf. »Ich zeige dir, wo es das beste Wasser gibt!«

*

Beim ersten Brunnen blieb Marcela nicht einmal stehen.

»Das ist eine Wildschweinquelle«, erläuterte sie. Der Wassergraben, in den die Quelle floß, war tatsächlich breitgetreten und überall im Schlamm konnte man Spuren von kleinen Hufen erkennen. Wir sprangen über die Steine auf die andere Seite und tauchten ins hohe Riedgras. Marcela ging ein Stück vor mir und verschwand ab und zu hinter einem dichten Grasvorhang.

»Siehst du die buckelige Birke?« Sie deutete auf einen mächtigen, krummen Baum am Ende der Wiese. »Dort ist auch eine Quelle. Aber sie hat säuerliches Wasser, weil sie in einer Sumpfwiese liegt. Wir müssen dort hoch!«

Sie fing an, den Hang eines felsigen Hügels hinaufzusteigen. Die Steine waren vom Regen geglättet und zwischen ihnen gähnten tiefe Spalten. Ungefähr nach fünf Minuten kamen wir auf einem Felsplateau direkt unter dem Gipfel an.

»Ganz schön hoch!« schnaufte ich und kickte einen Kiefernzapfen hinunter.

Marcela legte ihren Finger auf die Lippen. »Psst! Hör zu!«

Ich verstummte und spitzte die Ohren. Eine Weile war nichts zu hören außer dem Rauschen des Windes in den Baumwipfeln und einem gelegentlichen Vogelschrei. Dann vernahm ich hinter mir ein leise blubberndes Geräusch. Ich drehte mich um. Aus einem Riß zwischen zwei Felsblöcken floß ein dünner Strom und füllte eine kleine Höhle mit Wasser. Das feuchte Gestein war mit Moos bedeckt und darüber krochen graue Käfer.

»Probier doch«, forderte mich Marcela auf. Als sie sah, wie ungeschickt ich mich bückte und dabei achtgab, nicht den Stein voller Käfer zu berühren, beugte sie sich vor und zeigte mir, wo ich die Hände abstützen konnte. Sie trank gierig. Schließlich richtete sie sich ganz außer Atem auf. Auf ihrem Kinn und dem Hals perlten Wassertropfen.

»Das beste Wasser, das ich kenne!« Sie atmete aus und wischte sich den Mund ab.

Ich probierte, zuerst vorsichtig und dann mutiger. Das Wasser war kalt und prickelnd. Es roch nach Nadelholz, und auf dem Gaumen blieb ein süßlicher Geschmack zurück. Ich füllte die Flasche, die wir mitgenommen hatten und wollte schon hinunterklettern, als ich bemerkte, daß sich Marcela ihre Zöpfe aufflocht.

»Wartest du einen Moment?« fragte sie und wurde ein wenig rot dabei.

»Worauf?«

»Ich will mir die Haare waschen.«

»Hier?« wunderte ich mich. »In diesem Eiswasser?«

»Natürlich ist es Eiswasser, aber...« Sie verstummte.

»Was aber?«

Marcela kniete sich nieder und beugte den Kopf übers Wasser. »Man sagt, das sei kein gewöhnlicher Brunnen«, murmelte sie, das Gesicht hinter ihren Haaren versteckt.

»Wie soll er sein, wenn nicht gewöhnlich?« Ich verstand sie nicht.

»Verzaubert.«

Ich lachte. »Wenn du drin badest, bekommst du dann Flossen? Oder verwandelst du dich in einen Meteoriten? Oder passiert etwas anderes?«

»Du wirst hundertfünfzig Jahre alt«, antwortete sie und tunkte ihren Schopf ins Wasser. Er schlängelte sich unter der Wasseroberfläche wie Tang und seine Farbe wurde dunkler. Ich setzte mich hin und schaute Marcela ins Gesicht.

»Glaubst du wirklich daran?« fragte ich.

»Warum nicht?«

»Würdest du gerne hundertfünfzig Jahre alt werden?«

»Hier bei uns übertreiben die Leute viel«, erklärte sie mir.

»Du darfst ihnen nur die Hälfte glauben. Wenn sie hundertfünzig sagen, meinen sie höchstens achtzig!«

»Achtzig? Das ist doch kein Wunder!«

»Je nachdem, für wen«, lächelte sie und zog den Kopf aus dem Wasser. Schnell und geschickt wrang sie sich die Haare aus. Dann schmiß sie die nasse Mähne auf den Rücken. Sie sah gesund, zufrieden und selbstsicher aus. Keine Spur von einer Krankheit. In dem Augenblick fiel mir ein, daß der Brunnen tatsächlich Wunder vollbrachte. Nicht weil er verzaubert war, sondern weil Marcela daran glaubte. Es hätte keinen Sinn gehabt, es ihr ausreden zu wollen – im Gegenteil! Ich kniete nieder und steckte meine Haare ebenfalls ins Wasser. Die Kälte vereiste mein Gehirn. Rasch hob ich den Kopf wieder und schüttelte ihn so lange, wie du es zu tun pflegst, Lord, wenn ich dich gebadet habe.

»Jetzt werde ich auch achtzig Jahre alt«, sagte ich.

»Du bist keine Frau«, wendete Marcela ein und rutschte von der Steinplatte hinunter.

»Gilt denn der Zauber nur für Frauen?«

»Das nicht, nur...«

»Nur...?« fragte ich mißtrauisch. Ich bekam allmählich das Gefühl, daß ich mich in ihren Augen lächerlich gemacht hatte. Sie lief vor mir nach unten, hielt sich im Lauf an herabhängenden Ästen fest, und sprang zielsicher von einem Felsbrocken zum anderen. Ich hörte ihr unterdrücktes Kichern. Unten am Felsen blieb sie stehen und wandte mir ihr belustigtes Gesicht zu.

»Wenn sich ein Mann oder ein Junge in dem Brunnen wäscht, dann heißt es, er wird zwanzig Kinder haben!«

»Das hast du dir ausgedacht!«

»Das habe ich nicht, Ehrenwort!« Sie leckte ihren Zeigefinger an und hob ihn zur Schwur. Dann zuckte ihr Mundwinkel erneut.

»Ich habe dir doch erzählt, daß die Leute hier immer übertreiben«, lachte sie. »Wenn sie zwanzig Kinder sagen, dann meinen sie höchstens zehn!«

*

Als alle Himbeeren eingekocht und in Form von Kompotten, Marmeladen und Saft in der Speisekammer eingelagert waren, brachte mir Filip das Reiten bei. Horaz war zu ungeduldig, deshalb versuchte ich es lieber mit Jitkas Sissi. Das Bein schmerzte kaum noch, und meine anfängliche Angst verflog schnell. Nach den ersten paar Reitstunden fühlten sich mein Hintern und die Oberschenkel zwar an, wie mit dem Fleischklopfer bearbeitet und ich lief nur noch breitbeinig durchs Haus, so daß sich Jitka und Marcela vor Lachen kaum halten konnten, aber bald hatte ich mich daran gewöhnt. Die Muskeln wurden stärker, und meine gereizte Haut hörte auf zu brennen.

Eines Tages holte Erik einen quadratischen Karton aus seinem Fiat.

»Endlich habe ich für die Försterin die Ersatzplatte zu ihrer Waschmaschine gekriegt«, sagte er. »Sie wartet schon über einen Monat darauf. Filip und Gusta könnten sie morgen auf den Pferden zum Forsthaus bringen. Auf dem Hinweg müßten sie zu Fuß gehen, aber zurück könnten sie schön reiten. Und ich spare Zeit.«

»Es ist weit«, wendete Blanka ein. »Auch wenn sie früh morgens losgehen würden, wären sie mit der Kiste nicht vor drei Uhr dort. Die Pferde werden erschöpft sein und die Jungs ebenfalls. Es sei denn...«

»Es sei denn wir würden dort übernachten!« unterbrach Filip sie und schaute Erik an. Erik schaute gleichzeitig Blanka an, und beide nickten.

Wir brachen gegen sechs Uhr auf. Über dem Wald hing der Nebel, und das Pferdefell roch warm nach Schlaf. Horaz trug den Karton mit der Platte auf dem Rücken, Sissi beluden wir mit zwei Schlafsäcken und Proviant.

»Die Schlafsäcke nehmt ihr umsonst mit«, versicherte Blanka uns. »Die Försterin hat bestimmt genug Decken!«

»Sicher ist sicher«, antwortete Filip und blinzelte mir verschwörerisch zu. Ich verstand nicht warum, aber ich sollte es erfahren, bevor wir den Bahndamm überquert hatten und auf der anderen Seite im Wald verschwanden.

»Im Forsthaus zu übernachten ist eine gute Sache«, sagte Filip. »Aber draußen zu schlafen ist noch besser!«

Ich nickte, aber ehrlich gesagt hatte ich keine Ahnung, wovon er redete. Im Sommerlager hatten wir meistens in Holzhütten geschlafen, manchmal auch in Zelten. Wir hatten dort Pritschen mit Matratzen, nach zehn Uhr war Nachtruhe, und ohne Grund durfte man nicht raus. Das Schlafen unter dem Sternenhimmel kannte ich nur aus Filmen.

Der Weg zum Forsthaus führte zuerst durch den Wald, dann kreuzte er eine große Bergwiese und schließlich schlängelte er sich im Tal am Bach entlang. Die Pferde gingen ruhig. Horaz als erster, hinter ihm Sissi. Auf der blühenden Wiese machten wir eine kurze Pause, und unten am Bach ließen wir die Pferde trinken. Es war heiß, der Wind strich durch die Baumkronen. Die ganze Zeit begegneten wir niemandem.

»Ich wette, daß der Förster nicht zu Hause ist, und die Försterin uns neunhundertneunundneunzig Fragen stellt«, sagte Filip, als wir am Forsthaus ankamen. Er hatte recht. Die Försterin kam aus dem Haus gerannt, befreite Horaz von seiner Last, setzte uns an den großen Küchentisch, stellte uns einen Teller voll Butterkuchen hin und begann zu fragen. Sie besaß den neugierigen Ausdruck eines Menschen, der oft allein ist, und der, wenn ausnahmsweise Gäste kommen, nicht genug vom Gespräch kriegen kann.

Der Nachmittag verging, und wir redeten und redeten. Die meisten Fragen beantwortete Filip, einige ich, und auf den Rest gab sich die Försterin selber Antwort.

Als Schatten durch die Fenster des Forsthauses fielen, machten wir uns langsam auf den Weg.

»Wollt ihr denn nicht bei uns übernachten?« fragte die Försterin enttäuscht. »Nicht daß euch auf dem Weg die Dunkelheit überrascht!«

»Wir haben keine Angst vor der Finsternis. Außerdem werden wir erwartet«, log Filip und blinzelte mir erneut zu. Die Försterin drängte nicht. Sie packte uns ein paar Würstchen für unterwegs ein, sprudelte eine Menge von Grüßen und Nachrichten hervor, die wir zu Hause bestellen sollten, und begleitete uns bis zur nächsten Weggabelung. Dort verabschiedeten wir uns. Sobald wir die erste Kurve hinter uns hatten, drehte sich Filip zu mir um.

»Vorwärts!« brüllte er und trieb Horaz mit den Fersen in die Seiten an. Das Pferd schoß los, und Sissi hinterher. Sie trabten den steinigen Weg am Bach entlang, Sissi warf mit dem Kopf, und man sah, daß sie sich über ihre schnellen Bewegungen freute.

»Lade deine Pistolen, sie sind hinter uns her!« schrie Filip ausgelassen. Selbst wenn ich Pistolen besessen hätte, hätte ich sie nicht laden können, weil ich genug damit zu tun hatte, im Sattel zu bleiben. Sissi vergaß, was sie für einen unerfahrenen Reiter trug, und schwang wild mit ihrem Hinterteil, bis mir schwarz vor Augen wurde.

Nach einiger Zeit verließen wir das Bachtal und überquerten die Wiese. Hier gab es kein Gestein, nur weiches Gras, und der Ritt wurde zum Genuß. Der leichte abendliche Wind strich mir sanft übers Gesicht, kämmte mein Haar, und bei jedem Einatmen fühlte ich mich angenehm schwindelig. Du kennst das bestimmt auch, Lord. Es ist, als würdest du für ein paar Sekunden spüren, daß sich die Erde tatsächlich mit dir dreht.

Wir jagten auf der Wiese bis in den frühen Abend herum. Dann nahmen wir den Pferden die Sättel ab und ließen sie weiden. Vom Waldsaum trugen wir trockenes Holz und Gestrüpp zusammen und bauten einen prächtigen Scheiterhaufen. Ich entzündete ihn, Filip spitzte zwei Ruten an und entrindete sie. Wir spießten die Würstchen der Försterin auf und machten uns ans Braten.

Der Platz, auf dem wir saßen, bot uns eine weite Aussicht, und wir konnten beobachten, wie die Dunkelheit langsam das Tageslicht verdrängte. Die Luft wurde kühler, und am Himmel konnte man den ersten Stern erkennen.

Filip pflückte ein paar Thymianzweige auf der Wiese und bestrich die Würstchen mit den zerriebenen Blättern. Als die Feuerzungen die Wursthäute erfassten, roch es süßlich und zugleich ein bißchen bitter, so ähnlich wie es auch in der Kirche duftet.

Weißt du, was merkwürdig ist, Lord? Ich kann mich nicht daran erinnern, daß wir an dem Abend über irgend etwas geredet hätten. Wir saßen einfach schweigend am Feuer, aßen unsere Würste, schauten in die immer dunkler werdende Landschaft, und ab und zu legte einer von uns neues Holz ins Feuer. Ich fühlte mich großartig und spürte, daß Filip das Gleiche empfand. Schließlich schlüpften wir in unsere Schlafsäcke und beobachteten das erlöschende Feuer, bis uns langsam die Augen zufielen.

»Hast du deine Pistolen geladen? « flüsterte ich im Halbschlaf.

»Nur mit der Ruhe, Bruderherz, sie haben unsere Spur verloren«, beruhigte mich Filip und verkroch sich tiefer in seinen Schlafsack. »Keine Bange!«

Noch eine Geburtstagsfeier

Von hier aus kannst du schon ohne Leine bis nach Hause laufen, Lord. Nur nicht so schnell! Ich kann nicht sprinten, ich würde die Milch verschütten. Hörst du? Komm her, ich erzähle dir ein Rätsel: Geht ein Pferd, klapp klapp, geht eine Schlange, ssst ssst, wo gehen sie hin? Schwer, was? Mach dir nichts daraus, ich habe es auch nicht erraten, als es mir Filip früh morgens am Tag von Marcelas Geburtstagsfeier erzählt hat.

»Ich gebe es auf«, sagte ich zu ihm.

»Das geht nicht. Rate doch!«

»Mir fällt nichts ein.«

»Weil du es nicht wiederholst! Du mußt dir das Rätsel immer wieder vorsagen! Dann kommst du drauf!«

»Und wenn nicht?«

»Dann verrate ich es dir heute abend. Aber nicht früher!«

Geht ein Pferd, klapp klapp, geht eine Schlange, ssst ssst, wo gehen sie hin? Geht ein Pferd, klapp klapp, geht eine Schlange... wiederholte ich, während ich mit Jitka im Obstgarten Laternen aufhängte, mit Blanka die Schnitzel panierte, mit Filip das Gebäck auf Teller verteilte und alle Augenblicke in die Scheune lief, um zu schauen, was die Dohle machte. Sie saß auf ihrer kleinen Stange, verlagerte das Gewicht von einem Bein aufs andere und schwieg.

»Der Briefträger hat euch betrogen«, sagte ich mitleidig zu Filip. »Das ist keine sprechende Dohle, das ist eine stumme Dohle.«

»Sie wird schon sprechen«, erwiderte Filip hartnäckig. »Es muß erstmal dunkel werden.«

Von Zeit zu Zeit kamen wir an der Tür des Mädchenzimmers vorbei und drückten auf die Klinke. Es war abgeschlossen.

»Bin schon fast fertig!« ertönte jedesmal Marcelas Stimme. »Sofort!«

»Sie näht ihr Kleid zu Ende«, verriet uns Jitka. »Wartet nur, ihr werdet staunen!«

Gegen Mittag kam die Band. Zwei Feuerwehrmänner aus Sedlitz und der junge Förster vom Stiefvaterfelsen. Sie machten es sich im Schatten auf dem Bahnsteig bequem, und Blanka brachte ihnen ein kühles Bier. Gründlich erörterten sie die Ereignisse, die seit der letzten Beerdigung, bei der sie gemeinsam musiziert hatten, geschehen waren, dann zogen sie die Sakkos aus und griffen nach ihren Instrumenten.

»Ich kenn' ein Mädchen, das ist faul wie ein alter, grauer Gaul, doch abends wenn die Musik erklingt, sie meisterlich das Tanzbein schwingt«, sang der Förster. Marcela schaute aus dem Fenster und verschwand auch gleich wieder. Daraufhin hörte man, wie sie die Tür aufschloß. Wir warteten auf sie im großen Zimmer.

»Ihr dürft nicht lachen!« mahnte uns Blanka flüsternd. »Egal, was ihr von dem Kleid haltet!«

Da erschien Marcela oben auf der Treppe. Sobald du sie erblickt hattest, fingst du an zu bellen, Lord. Es war das er-

119

ste Bellen deines Lebens und einen besseren Anlaß hättest du dir dafür nicht aussuchen können. Wir anderen bellten nicht, wir starrten nur wortlos nach oben. Das was da die Treppe herunterschwebte, war nicht das Zopfwesen, das wir alle kannten, sondern eine farbige Wolke. Filip pfiff anerkennend.

»Wieso kann ich verdammt noch mal nicht nähen?« murmelte Jitka, und ihr Blick glitt bewundernd über Marcelas Kleid.

Es bestand aus Tüchern und allen möglichen Stoffresten, war überall mit Glasperlen besetzt und leuchtete farbenfroh. Sie hatte es nicht mehr geschafft, den Saum anzunähen, so daß sie ihn nur mit Sicherheitsnadeln befestigt hatte. Als sie die Treppe herabstieg, wickelte er sich dauernd um ihre Füße. Die letzten drei Stufen trug Erik sie lieber hinunter.

»Alles Gute zum Geburtstag!« wünschte er ihr.

»Und viele Geschenke«, fügte Jitka hinzu.

»Wenn du mich schön bittest, tanze ich mit dir«, versprach Filip. »Ich habe nachts heimlich geübt!«

Jeder sagte etwas, jeder beglückwünschte sie, nur ich stand stumm da. Ich wußte nicht, wie es kam, aber plötzlich sah ich meinen eigenen Geburtstag. Meine Feier. Meine Gäste.

»Was ist mit dir los?« Jitka schubste mich an. »Wünsch ihr doch auch was!«

Marcela schaute mich an und blinzelte aufmunternd.

»Ich wünsche dir... wünsche dir...« stotterte ich, während ich angestrengt grübelte. Endlich hatte ich das Richtige gefunden.

»Ich wünsche dir, daß du nie ›Crusoe‹ bekommst!« stieß ich hervor.

»Krusow? Was ist das?« fragte sie. »Eine Infektion?«

»Robinson Crusoe – ein Gesellschaftsspiel für eine Person.«

»Wer gewinnt dabei?«

»Du.«

»Und wer verliert?«

»Auch du.«

»Das muß aber ein Scheißspiel sein! Ich glaube, ich würde lieber Gleichungen lösen als »Crusoe« spielen!«

Vor den Fenstern ertönte ein Akkordeon.

»Darf ich bitten?« Erik verbeugte sich vor Marcela. Sie hängte sich bei ihm ein, und alle beide begaben sich majestätisch auf den Bahnsteig. Dort fingen sie an zu tanzen. Der Tanz ähnelte ein wenig einem Tango, ein wenig einer Polka, am meisten aber einem Hindernislauf.

»Hast du mein Rätsel schon erraten?« Filip drehte sich zu mir um.

»Noch nicht.«

»Weil du es dir nicht vorsagst! Du mußt es dir immer vorsagen!«

»Geht ein Pferd, klapp klapp, geht eine Schlange, sst sst, wo gehen sie hin?« begann ich gehorsam vor mich hinzuleiern. »Geht ein Pferd, klapp klapp...«

*

Die Kinder aus Sedlitz brachten die Nachricht. Sie kamen früh am Nachmittag auf ihren Rädern an, mit einem Korb voller frischgepflückter Kirschen, mit einem Buch über die

121

Pharaonen und mit Marcelas neuem Horoskop. Filip ergriff es sofort und begann laut vorzulesen.

»Dich erwartet eine Zeit voller Erfolge und ungewöhnlicher Erlebnisse! Dein Gehalt wird erhöht, du bekommst eine Auszeichnung, und auch in deinem Liebesleben steht alles zum Besten!« las er vor. «Riskiere nichts an der Börse! Schau sofort in die Scheune!«

»Das steht da nicht!« schrie Marcela.

»Wieso denn nicht?« wehrte sich Filip und sprang auf den Stuhl, damit sie ihm das Horoskop nicht wegnehmen konnte. »Ich lese es doch hier: Geh sofort in die Scheune, und mach dich auf eine große Überraschung gefaßt!«

»Ich gehe, aber wenn dort nichts ist, bereite du dich auf eine noch größere Überraschung vor!« sagte Marcela und lief los.

»Habt ihr schon gehört?« fragte ein großer Junge mit Segelohren.

»Was hätten wir denn hören sollen?« sagte Filip und schaute Marcela nach. Sie war schon auf der Wiese.

»Aus dem Teich hinter der Glashütte hat man einen Jungen rausgeholt!«

»Wie bitte?« kreischte Jitka. »Was für einen Jungen?«

»Einen ertrunkenen.«

»Wer ist es? Kennen wir ihn?« fragte ihn Filip aus.

»Auch wenn du ihn gekannt hättest, würdest du ihn jetzt nicht wiedererkennen!« versicherte ihm das Langbein mit den Segelohren. »Ich stand dabei, als sie ihn herausholten. Du kannst dir ja gar nicht vorstellen, wie er aussah!«

»Kannst du dir das nicht sparen, Pawel?« bemerkte ein älteres Mädchen, das zwar keine Segelohren hatte, ihm aber

ansonsten sehr ähnlich war. »Das ist keine Geburtstagsge-
schichte!«

»Ich habe doch gewartet, bis Marcela weg war!« sagte der
Junge. »Ich wollte ihr nicht die Laune verderben.«

»Aber den anderen kannst du sie verderben?«

»Ich erzähle ja nur, was ich gesehen habe.«

»Waren die Bullen dort?« wollte Jitka wissen.

»Jede Menge. Und auch ein Arzt.«

»Hat denn keiner eine Ahnung, wer er war?« fragte ich
mit gepreßter Stimme.

»Bis jetzt noch nicht«, antwortete Pawel. »Und sie werden
das auch schwer herausfinden. Wer weiß, wie lange er in
dem Teich war.«

»Wi... wie alt war er denn ungefähr?« stotterte ich.

»Das weiß ich nicht.« Er schüttelte den Kopf. »Er war
kleiner als ich. Aber man konnte überhaupt nichts erkennen...«

»Ssst!« Filip brachte ihn zum Schweigen. Marcela kam
schon zurück. Sie ging über den Weg, in der Hand einen
Rutenkäfig. Das war mein Werk. Ich hatte mir selber die Ruten zurechtgeschnitten und sie zusammengebunden. Nur
mit dem Einhängen der Tür hatte mir Erik geholfen.

»Soll das die Überraschung sein?« fragte Marcela und
hob den Käfig über den Kopf. Er war leer.

»Wieso?« rief Jitka aus.

»Wo ist sie?« jammerte Filip.

»Wer denn?« fragte Marcela verständnislos.

»Die Dohle!«

»Habt ihr sie hier reingetan?«

»Wohin denn sonst?«

Marcela untersuchte den Käfig aufmerksam.

»Sie muß hier durchgehuscht sein.« Sie zeigte eine Lücke zwischen zwei Ruten, die ein bißchen breiter war als die anderen.

»Scheiße!« machte sich Jitka Luft. »Sie konnte reden!«

»Es ist meine Schuld«, gestand ich. »Ich wollte nicht, daß der Käfig wie ein Gefängnis aussieht.«

»So sieht er auch nicht aus«, versicherte mir Marcela. »Es ist ein sehr schöner Käfig.«

»Nur kein Vogelkäfig«, erwiderte Jitka.

»Wir können damit Monster spielen!« fiel Marcela ein. Sie stellte sich auf die Bank und hängte den Käfig an einen Ast des Apfelbaumes. »Wer als erster die Vogelschaukel berührt, ist der Monsterkönig und hat drei Leben!«

*

Ich wartete, bis das Spiel in vollem Gange war, und schlich mich dann unauffällig in den Wald. Er war noch feucht nach dem letzten Regen, den steinigen Weg zum Forsthaus säumten Pfützen. In der Luft lag der Duft von Pilzen. Ich kam bis zur Futterraufe und setzte mich auf einen Baumstumpf. Mir war schwindelig, und mein Magen zog sich zusammen wie eine Schnecke, wenn man sie mit einem Stöckchen piekt.

»Er hat es also wirklich getan«, flüsterte ich vor mich hin. »Er hatte versprochen sich zu ertränken und hat es auch getan. Er ist tot, und ich habe ihm seinen Namen geklaut.«

Ich begann zu heulen. Ich konnte es nicht stoppen. Ich stellte mir den Ritter mit den breiten Schultern vor. Seine Augen waren geschlossen und er rührte sich nicht.

124

»Gusta!« Ich hörte einen Ruf vom Haus. »Gusta!«

Der Namen brachte mich noch mehr zum Heulen. Ich schmiß mich zu Boden und bohrte mein Gesicht in die feuchte Walderde. Ich kam mir schlimmer vor als der gemeinste Dieb, Lord. Ich kam mir vor, als hätte ich Gusta selber getötet.

Das kommt davon, daß du eine verdammt feige Sau bist, meldete sich meine innere Stimme. Wenn du deinen richtigen Namen rechtzeitig gesagt hättest, wenn du nicht gefürchtet hättest, zu Onkel und Tante zurückzukehren, würdest du dich jetzt nicht so mies fühlen!

Ich wußte, daß es stimmte. Zugleich war mir aber auch klar, daß es Gusta – dem echten Gusta – nicht geholfen hätte. Er hatte seine eigenen Probleme und ich hatte meine. Der Zufall hatte sein und mein Leben miteinander verflochten, aber davon hatte Gusta keine Ahnung. Zu dieser Zeit lag er schon längst im Teich und es interessierte ihn nichts mehr.

»Gusta! Eis!« hörte ich Jitkas Stimme. »Komm schnell oder es schmilzt!«

Ich lag fast eine Stunde dort an der Futterraufe. Nach dem Weinen kam die Müdigkeit. Sie fiel wie eine schwere Decke über mich und hinderte mich an jeder Bewegung. Noch nie zuvor hatte ich solch eine Müdigkeit erlebt. Auch meine Gedanken waren wie eingefroren. Nur ein einziger klopfte hartnäckig an mein Hirn und zwang mich, ihn wahrzunehmen.

Es ist Zeit zu gehen, telegrafierte er knapp und ohne Mitleid. Egal wie dich der Onkel bestraft, egal ob er dich in ein Heim schickt, auch wenn er dir nie mehr glaubt, du mußt zurückkehren!

125

Ich setzte mich auf. Bei dem Gedanken, von hier wegzu-
gehen, Filip, Marcela und Jitka zu verlassen, Blanka und
Erik nie wiederzusehen, und nie wieder: Lord, bei Fuß! zu
rufen – bei diesem Gedanken wurde mir schwindelig. Niemand würde mir mehr komische Rätsel stellen, Pullover mit
verrückten Mustern für mich stricken, und ich würde nie
mehr nach dem Aufwachen Filips sommersprossiges Gesicht sehen. Aber meine innere Stimme ließ sich nicht zum
Schweigen bringen. Sie sagte mir, daß das Leben bei den Panenkas zu schön war. Zu schön für Libor. Gusta hätte es
verdient. Er hätte ein Recht auf Kameradschaft, Liebe und
Rücksicht gehabt. Ich hatte sie mir frech angeeignet und
mich eine Weile an ihnen aufgewärmt, wie eine Katze in der
Sonne. Nun war es Zeit, den gestohlenen Namen zurückzu-
geben. Zeit zu gehen.

Ich stand auf und ging auf dem Waldweg zurück zum
Bahnhof. Je näher er kam, desto langsamer wurde ich. Ich
sah den Förster mit seinem Akkordeon breitbeinig vor der
Tür stehen, ich hörte eine schnelle Tanzmelodie und sah
Blanka mit Herrn Podestat, wie sie zum Vergnügen der an-
deren lächerliche Tanzfiguren erfanden. Auch Erik tanzte.
Und Jitka mit Filip. Ich wußte, daß ich mich ihnen gleich
anschließen und wie sie lachen, tanzen und singen würde.
Ich wußte, daß es das letzte Mal war.

Höchste Zeit zu gehen

Wir saßen im Garten. Es dämmerte. Im Gras zirpten Grillen, aus der Scheune ertönte das Schnauben der Pferde. Auf dem Tisch stand eine Öllampe und um sie herum schwirrte eine Schar kleiner Mücken. Ich zitterte. Blanka legte mir eine Wolldecke um, aber es half nicht. Ich zitterte vor Nervosität und nicht vor Kälte. Der letzte Abend, ging es mir ständig durch den Kopf. Der allerletzte. Ich mußte mich an ihn erinnern. An die Gesichter. Die Ruhe. Das Gefühl hierher zu gehören. In ein paar Stunden würde es für mich wieder Dunkelheit, Einsamkeit und Flucht geben.

»Du siehst müde aus«, sagte Blanka zu Marcela, die wie ein ausgewrungenes Geschirrtuch auf der Bank lag.

»Ich habe mir die Beine bis zum Hintern abgetanzt«, verkündete sie und gähnte.

»Dagegen hilft nur ins Bett zu gehen.«

»Zu gehen? Wenn ich keine Beine habe?«

»Aber Hände hast du noch?« fragte Erik.

»Auf den Händen kann ich nicht laufen«, erwiderte Marcela.

»Dann halt dich an meinem Hals fest.«

Er beugte sich herunter, Marcela verschränkte ihre Arme um seinen Hals, und Erik hob sie von der Bank. »Fünf Kilo schwerer als heute früh«, bemerkte er.

»Man hat nur einmal im Jahr Geburtstag«, wehrte sie sich. »Ich werde doch keine Diät halten...«

Erschrocken verstummte sie, weil ihr dicht über dem Kopf etwas vorbeiflitzte.

»Was war das?«

»Wahrscheinlich eine Fledermaus.«

Da bewegten sich die Äste einer nahegelegenen Fichte.

»Schmarrrz!« ertönte es deutlich von dort. »Scherrre!«

»Die Dohle, hört ihr? Sie ist nicht abgehauen!« jauchzte Filip. »Und sie spricht!«

»Schmarrrz«, bestätigte die Dohle und flog zu einem benachbarten Baum. »Scherrre!«

»Ich versuche sie herzulocken!« sagte Jitka. Sie sprang auf und lief über den Weg.

»Puttputtput!« hörten wir ihr Rufen vom Waldrand. »Komm, du kriegst was! Puttputtputt!«

Filip lachte los.

»Jitka glaubt, daß eigentlich alle Vögel Hennen sind«, bemerkte Blanka.

»Schmarrrz!« schrie die Dohle heiter, diesmal von der Weide.

»Stört es dich nicht, daß wir dir etwas geschenkt haben, was du vielleicht nie sehen wirst?« wendete sich Filip an Marcela.

»Ich habe über Dohlen gelesen, daß sie am liebsten in Wäldern und Felsen leben«, Marcela gähnte. »Vielleicht nistet sie sich in Dudas Steinbruch ein, und wir können sie wenigstens hören.«

»Du nistest dich jetzt gleich im Bett ein«, beendete Erik die Debatte und ging mit Marcela auf den Armen zum

Haus. Bevor er drinnen verschwand, hatte er sich noch kurz umgedreht. »Höchste Zeit schlafen zu gehen. Das gilt für alle, verstanden?«

»Verstanden, aber zuerst muß Gusta das Rätsel lösen«, antwortete Filip. »Hast du es dir vorgesagt?«

»Geht ein Pferd, klapp klapp, geht eine Schlange, ssst ssst, wo gehen sie hin?« leierte ich schnell herunter. »Geht ein Pferd, klapp klapp, geht eine Schlange, sst sst, wo gehen sie hin? Geht ein Pferd...«

»Eins weiß ich ganz genau«, sagte Blanka. Sie klappte die Stricknadeln zusammen und steckte sie ins Wollknäuel. »Wohin sie auch gehen sollten, mir gehen sie auf die Nerven!«

Filip jaulte verzweifelt auf und schmiß sich ins Gras. Denn auch dieses Rätsel hatte Blanka richtig gelöst, Lord.

*

Ich wartete, bis Filip eingeschlafen war, und griff dann unter das Kissen. Ich hatte dort am Nachmittag eine Taschenlampe, ein Stück Papier und einen Bleistift bereitgelegt. Ich kroch damit unter die Decke und begann zu schreiben.

Es war kein Brief, sondern eher eine Nachricht. Ich schrieb, daß ich wegginge, weil ich nicht hierhergehörte. Ich schrieb, daß der Ertrunkene im Teich Gusta sei und ich ein Betrüger. Ich schrieb, daß ich mich für mein Verhalten entschuldigte. Daß ich mich bei ihnen zu Hause gefühlt hatte.

Als ich fertig war, las ich mir das Ganze noch mal durch. Den letzten Satz riß ich weg. Sie sollten nicht denken, daß ich Mitleid zu erwecken versuchte. Dann stand ich leise auf, zog mich an und tastete erneut unter das Kissen. Ich hatte dort meinen zusammengerollten Ledergürtel. Ich legte ihn auf Filips Bettdecke. Die Nachricht hinterließ ich auf dem Tisch und trat in den Flur.

Es war still im Haus. Ich stieg behutsam die Treppe hinunter und schlich auf Zehenspitzen zu dir. Damals schliefst du noch in der Altpapierkiste neben dem Ofen. Als ich bei ihr angelangt war, träumtest du gerade etwas. Du knurrtest im Schlaf und zucktest mit den Hinterbeinen. Du wedeltest auch mit dem Schwanz. Ich hätte dich gerne gestreichelt, Lord, aber ich fürchtete, daß du bellen und jemanden wecken würdest. Also berührte ich dich lieber nicht. Ich ging zur Garderobe, nahm die Leinenschuhe, die Blanka mir ein paar Tage zuvor auf dem Markt gekauft hatte, schob den Riegel an der Küchentür beiseite und trat auf den Bahnsteig.

Der Mond schien, und es war kalt. Ich entschloß mich, an den Schienen entlang bis nach Krupka zu gehen und weiter auf der Landstraße nach Sedlitz. Ich wußte, daß ein Stück hinter dem Krankenhaus eine Abzweigung Richtung Krumau ist. Dem Weg würde ich folgen, solange es ging. Weiter wollte ich nicht planen. Ich zog die Schuhe an und lief los.

Die Schienen glänzten im Mondlicht, und aus dem Wald wehte ein kühler Wind. Als ich die Kurve beim Trafo erreichte, drehte ich mich um.

Es war genau die Stelle, von der aus ich das Haus der Panenkas zum erstenmal erblickt hatte. Es hatte sich nichts verändert: die alte Stationsuhr, die Wäscheleine über dem Bahnsteig, die Draisine auf den Gleisen. Damals duftete das Gras in der Mittagshitze, jetzt atmete die Wiese Nachtfeuchtigkeit aus. Überall Ruhe, nur die Fichtenspitzen wiegten sich leicht im Wind.

Ich schaute den alten Bahnof mit der undeutlich lesbaren Aufschrift ZUM SCHALTER an und mir war komisch. Mir war so, Lord, als hätte ich etwas verloren, wovon ich wußte, das ich es nie wieder finden würde.

Ich stand dort mindestens fünf Minuten und schaffte es nicht, weiter zu gehen. Dann gelang es mir irgendwie doch, und ich wandte mich ab. Ein Stück vor mir zeichnete sich eine dunkle Gestalt ab. Sie stand mit gespreizten Beinen auf den Schienen und rührte sich nicht. Ich zuckte zusammen, und meine Muskeln wurden steif vor Spannung. Das diffuse Mondlicht rieselte auf den Bahndamm nieder, aber unten, zwischen den Bäumen war es dunkel. Ich entschloß mich blitzschnell. Ich sprang von der Bahnschwelle runter, rutschte auf den Hacken den Hang hinab und lief in den Wald. Natürlich stolperte ich sofort über einen Baumstumpf. Um meinen Sturz abzufangen, griff ich nach einem dürren Ast. Er brach mit lautem Krachen ab, und ich stürzte ins Heidekraut hinunter. Im nächsten Augenblick fiel etwas auf meinen Rücken und drückte mich zum Boden.

»Hilfe!« rief ich.

»Warum brüllst du so?« Aus der Dunkelheit über mir ertönte Filips Stimme. »Ich dachte, du willst heimlich weggehen! Damit keiner etwas erfährt!« Er umklammerte mich mit seinen Knien und Händen genauso wie damals in der Scheune und schnaufte laut.

»Laß mich los!« zischte ich.

Er lockerte seine Umklammerung nur so weit, daß ich mich auf den Rücken drehen konnte.

131

»Weißt du, was du bist?« Er beugte sich über mich. Im Dunkeln sah ich das Weiße in seinen Augen. »Weißt du, wer nachts abhaut? Im Dunkeln? Weißt du's?«

Ich wußte es. Trotzdem versuchte ich mich zu wehren.

»Ich habe euch einen Brief geschrieben.«

»Den hättest du dir sonstwo hinstecken können!« schnaubte er.

»Ich habe meinen Gürtel für dich auf dem Bett gelassen.«

»Den steck dir auch wohin!«

»Er hat dir doch gefallen.«

»Jetzt gefällt er mir nicht mehr.«

»Kapierst du es denn nicht?« schrie ich. »Ich bin nicht Gusta!«

»Glaubst du, das habe ich nicht gewußt?« antwortete Filip verächtlich und ließ mich los.

»Wieso?« stieß ich hervor. »Was hast du gewußt?«

»Du benimmst dich nicht wie ein Junge aus dem Heim«, sagte er kurz. »Du redest auch nicht so.«

Eine Zeitlang herrschte Stille. Wir saßen beide in der Heide, nicht weit voneinander entfernt, aber wir sahen uns nicht ins Gesicht.

»Wer bist du eigentlich?« fragte Filip nach einer Weile.

»Kommt es darauf an?«

Ich hörte, wie er aufstand.

»Du hast recht«, sagte er, und in seiner Stimme lag keine Spur Wut mehr. Sie klang ruhig, gelassen. »Wenn du mein Bruder wärst, würde es darauf ankommen. Aber wenn's so ist... Es ist mir scheißegal!«

Ich hörte, wie er das niedrige Gestrüpp beiseite schob und sich entfernte. Bald darauf war seine Silhouette im

Mondlicht am Waldrand zu sehen. Ohne sich umzudrehen begann er den steinigen Bahndamm hinaufzusteigen. Ich wußte, daß er auf den Schienen zurück zum Bahnhof gehen und nicht mehr anhalten würde. Ich wußte, daß ich irgendetwas tun mußte. Schnell.

»Filip!« rief ich und fing an, mich aus dem Wald hinauszutasten. »Bleib stehen! Hörst du? Ich will dir was sagen!«

Filip war schon oben auf den Gleisen. Er machte ein paar Schritte in Richtung Bahnhof, dann blieb er stehen und drehte sich langsam um.

*

Ich weiß nicht, wie lange wir dort saßen – vielleicht eine Stunde, vielleicht auch zwei. Das kalte Metall der Gleise unter dem Hintern, den kalten nächtlichen Himmel über dem Kopf. Ich erzählte ihm alles, Lord. Am Anfang war es mühsam; ich suchte nach Gedanken und Worten. Aber je länger ich sprach, desto einfacher wurde es. Ich kam mir dabei vor, als würde ich langsam aus der Tiefe an die Oberfläche treiben. Was mir noch vor einigen Stunden unklar war, bekam allmählich genauere Konturen. Wo ich früher im Dunkeln tappte, hatte ich nun Gewißheit.

»Ist das alles?« fragte Filip, als ich zu Ende erzählt hatte. Ich nickte. Ich war ganz heiser nach der langen Rede, aber gleichzeitig fühlte ich mich auch irgendwie leicht, fast glücklich.

»Der Arme«, flüsterte Filip, und ich wußte, daß er Gusta meinte. Den echten Gusta. »Er wußte wahrscheinlich nicht mehr weiter.«

»Wahrscheinlich nicht.«

133

Beide verstummten wir für eine Weile. Filip nahm einen Stein und schmiß ihn vom Bahndamm hinunter.

»Und du?« fragte er.

»Was ist mit mir?«

»Weißt du noch weiter?«

»Ich muß von hier weggehen.«

»Gestern mußtest du noch nicht? Vorgestern auch nicht? Erst heute?«

»Solange ich denken konnte, daß Gusta irgendwo ist, vielleicht auf der Flucht, war es wie ein Experiment, verstehst du?« versuchte ich mein Verhalten zu rechtfertigen. »Jetzt weiß ich, daß er seinen Namen nie zurückverlangen wird. Wenn ich will, kann ich ihn ein Leben lang behalten.«

»Und das willst du nicht,« nickte Filip.

»Es war nur ein Experiment«, wiederholte ich.

»Wieso sagst du Experiment? Sag doch gleich Spiel! Es hat aufgehört, dir Spaß zu machen, so ist es!«

»So ist es nicht«, wehrte ich mich.

»Vermißt du deine Tante? Den Onkel? Die Jungs aus dem Internat?«

Ich schüttelte den Kopf. Ich vermißte sie nicht.

»Oder findest du es bei uns nicht ganz so vornehm?« fragte er. »Fehlt dir hier all das, wovon du mir erzählt hast, daß du es früher hattest?«

Ich schüttelte erneut den Kopf. Mir fehlte nichts.

»Also worum geht's, verdammt nochmal?« Er sprang auf. »Dir fehlt hier nichts, du hast kein Heimweh und willst trotzdem weggehen?«

»Sie haben sich um mich gekümmert.«

»Sie haben dein Internat bezahlt, um dich nicht zu Hause

haben zu müssen!« rief er. »Wie viele Tage im Jahr hast du mit ihnen zusammen verbracht? Rechne es dir doch mal aus!«

Ich rechnete lieber nicht. Ich wußte, zu welchem Ergebnis ich kommen würde.

»Sie haben dir Geschenke gekauft, weil es sie außer Geld nichts kostete!« fuhr Filip wütend fort. »Du warst nicht besser dran als Jitka, Gusta oder ich! Warum willst du es denn nicht zugeben? Wenn sie dich gemocht hätten, hätten sie dich besser gekannt! Sie hätten den Unsinn mit dem Armband nicht geglaubt! Sie hätten nicht geglaubt, daß du abgehauen bist!«

»Es war ein Zufall«, versuchte ich sie zu entschuldigen. »Das Armband war verschwunden und zugleich auch ich. Sie haben es sich zusammengereimt.«

»Und was sollen sich Blanka und Erik morgen zusammenreimen, wenn sie dich nicht mehr vorfinden? Was soll ich Jitka sagen? Und Marcela?«

»Es... tut mir leid«, flüsterte ich.

»Ein Dreck tut dir leid!« schrie er. »Sonst würdest du nicht gehen! Wenn es dir leid täte, würdest du deinen Bruder nicht in dem Glauben lassen, daß er dir gestohlen bleiben kann!«

»Er kann mir nicht gestohlen bleiben«, sagte ich.

»Scheißgelaber!« prustete er.

»Ich meine es ernst.«

»Dann beweise es mir!«

»Wie?«

»Bleib bei uns.«

Ich schwieg. Egal, was ich gesagt hätte, es wäre Scheißgelaber gewesen. An Scheißgelaber war Filip nicht interessiert. Er wollte, daß ich ihm beweise, daß er mir nicht gleichgültig war. Daß ich sein Bruder war. Nicht als Experiment, sondern wirklich. Er hatte mir alle seine Verstecke gezeigt. Acht davon kannte auch Jitka, aber das neunte gehörte nur uns – ihm und mir. Er hatte mir das Reiten beigebracht. Er hatte keine Geheimnisse vor mir.

Ich stand auf und klopfte mir den Staub von der Hose.

»Es ist bestimmt schon spät«, sagte ich. »Höchste Zeit zu gehen!«

Filip antwortete nicht. Er stand ein Stück von mir entfernt und beobachtete mich. Ich sprang von einer Bahnschwelle zur nächsten. Der Bahnhof rückte um einen halben Meter näher.

»Wo bleibst du?« rief ich über die Schulter und sprang zur nächsten Bahnschwelle. »Willst du hier übernachten? Oder machen wir einen Wettlauf?«

Hinter mir hörte ich Filips lautes Ausatmen.

»Wettlauf!« schrie er. »Wer als erstes zu Hause ist!«

Wir liefen los. Die Bahnschwellen donnerten unter unseren Füßen, die Schienen vor uns glänzten im Mondlicht, aus dem Wald roch es bitter nach Nadelholz. Mit jedem Sprung kam die rostige Aufschrift ZUM SCHALTER näher.

Noch ein paar Worte zum Schluß

Die Zeit ist schnell vergangen, nicht wahr, Lord? Komm hierher zur Hintertür – auf dem Bahnsteig kannst du dir deine dreckigen Pfoten abtreten. Siehst du, sie haben schon Licht gemacht, und Marcela deckt den Tisch. Kartoffelpuffer, ich rieche sie schon. Keine Angst, Blanka hat für dich bestimmt einen Knochen aufgehoben! Du hast Hunger, was? Ich auch. Ssst! Sie dürfen uns nicht hören! Ich muß dir noch ein paar Worte sagen.

Weißt du, daß es morgen fünf Monate sind, seit ich hier bin? Fünf Monate! Und was ist alles in der Zeit passiert! Jitkas Zähne sind besser geworden, so daß sie die Zahnspange nur noch über Nacht tragen muß. Marcela hat eine Geschichte über einen Eisbären geschrieben, der sich verirrt und auf dem Stiefvaterfelsen niedergelassen hat. Sie hat die Geschichte ans Böhmerwaldblatt geschickt, und stell dir vor: Man hat sie abgedruckt, mit ihrem ganzen Namen, und Marcela hat auch noch Honorar dafür gekriegt! Erik hat mittlerweile schon genug Geld für einen halben Motor, und wenn weiterhin soviele Waschmaschinen kaputt gehen, brechen wir im Frühjahr mit der Draisine ins Hochmoor auf. Blanka hat im Sommer viele Kräuter getrocknet und nach alten Rezepten Heiltränke hergestellt, die fürchterlich stinken. Zum Glück war bis jetzt noch keiner krank. Filip hat ein neues Bett bekommen, und die Liege steht jetzt in der Abstellkammer.

Und ich? Ich gehe in Sedlitz zur Schule. In Tschechisch und Englisch bin ich von allen der beste, aber in Mathe und Musik läuft es genauso miserabel wie im Internat. Wir haben eine Klassenlehrerin, die ist rothaarig – sogar unter den Achseln. Man sieht es, wenn sie ein ärmelloses Kleid trägt. Im September haben wir mit ihr einen Ausflug nach Wien gemacht. Den hat ein Schüler organisiert, dessen Vater Busfahrer ist. Wir sahen den Prater und die Hofburg, und alle kauften sich komische Kugelschreiber mit Kaiser Franz Josef drauf. Ich kaufte mir keinen Kugelschreiber. Für das Taschengeld, das Erik mir mitgegeben hatte, gab ich einen Brief auf. Er war für Tante Jolana und Onkel Michael. Ich schrieb ihnen, daß es mir gut ginge und daß sie sich keine Sorgen um mich machen müßten. Daß mir nichts fehle. Daß ich ihnen für alles danke, was sie für mich getan hatten, und daß ich ihnen nichts gestohlen hätte. Ich schrieb ihnen, daß ich nicht zurückkommen würde und daß sie mich nicht suchen sollten.

Und das ist fast alles, Lord. Letzten Monat habe ich einen neuen Namen bekommen. Man hat ihn mir auf dem Gemeindeamt zugeteilt. Ich heiße jetzt Gusta Panenka und bin der Adoptivsohn von Erik und Blanka Panenka.

Vom echten Gusta habe ich nichts mehr gehört. Ich habe seine Taschenlampe und den Skizzenblock im Regal. Manchmal schaue ich mir die Zeichnungen an und denke darüber nach, was falsch war und was man anders hätte machen können.

Mit Filip habe ich nie wieder über die Sache geredet. Über

Geheimnisse schweigt man lieber. Du bist der einzige, dem ich etwas verraten habe. Ich weiß nicht, wieviel davon du mit deinem Hundeverstand begreifen kannst, aber sieh zu, daß du dichthältst. Hörst du? Davon, Lord, zu niemandem einen Mucks!

Erwachsenwerden in schwerer Zeit

Peter Abraham
Piepheini

160 Seiten, ab 12 Jahre
ISBN 3-7707-3040-2

Berlin im letzten Kriegswinter. Weil Heinrich, genannt
»Piepheini«, in der Schule eine unvorsichtige Bemerkung
über das Abhören von Feindsendern gemacht hat, muß die
ganze Familie untertauchen.
Mit seiner Tante Kläre und deren Sohn Leo flieht Heini auf
einen Bauernhof in Pommern. Aber vieles ist ihm rätselhaft:
Warum wird sein Vater von der Polizei gesucht? Und warum benimmt sich Leo immer so merkwürdig? Allmählich
bekommt Heini die Antworten – Antworten, die sein Welt-
bild völlig verändern.

Ellermann Verlag

Das rätselhafte Pferd

Sigrid Heuck
Das Pferd aus den Bergen

176 Seiten, ab 12 Jahre
ISBN 3-7707-3041-0

Auf einer einsamen Paßstraße in den peruanischen Anden verunglückt ein LKW, der eine wertvolle Zuchtstute transportiert. Das Pferd kommt frei und irrt verletzt in den Bergen umher, bis es von Roca, einem alten Indio, gefunden wird. Gemeinsam mit den Kindern eines nahegelegenen Dorfes versucht er, die Stute gesundzupflegen.
Aber die Dorfbewohner reagieren ablehnend, denn zur Feldarbeit taugt die Stute nicht, und das erforderliche Futter hat auch niemand übrig.
Und vielleicht bringt das Tier sogar Unglück?

Ellermann Verlag